KB070923

기도로 변화된 삶을 살게 하소서

세 계 의 기 도 문

기도로 변화된 삶을 살게 하소서

용혜원 엮음

책만드는집

기도로 우리의 마음을 고백하게 하소서

우리는 기도에 얼마나 놀라운 변화와 능력이
함께하는지 알고 있습니다.
우리의 기도가 주님의 뜻에 합당하다면
우리의 모든 기도를 응답해주실 것입니다.
우리는 기도를 통해서 하나님의 사랑을 깨달아야 합니다.
우리는 진실한 마음을 내어놓고 기도해야 합니다.
우리에게 기도하라고 하시는 것은
우리에게 하나님 아버지의 뜻을 알려주시고
우리를 인도해주시기 위함입니다.

기도는 하나님이 시작하십니다.
우리는 하나님의 사랑에 대한 응답으로
기도를 드려야 합니다.

이곳에 전 세계 그리스도인들의 진솔한 기도를 모았습니다.
이 모든 기도는 그들의 순수한 믿음의 보배기에
너무나 아름답습니다.
이 기도문을 읽는 분들에게 주님이 함께하시기를 기도합니다.
우리의 삶이 기도하는 삶이 되어 주님과 동행하기를 기도합니다.

-2006년 5월 **용혜원**

차례

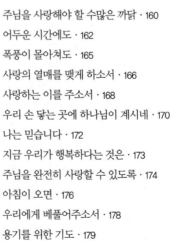

대화할 시간을 갖게 하소서

삶에 지정된 일들을 급히 서두르기 전에
하나님과 대화를 나눌 시간을 갖게 하소서
우리의 모든 의심, 걱정을 가져다
기도 중에 그 모든 것을
주님께 이야기하게 하소서

하나님과 대화를 나눌 시간을 갖게 하소서
이 땅에서 벌어지는
모든 기대하지 않았던 일과
보이지 않는 적으로부터
하나님이 우리를 사랑으로 감싸주시니
그 따스함 속에
빛과 평안과 안식이 있게 하소서

하나님과 대화할 시간을 갖게 하소서
불확실한 오늘 삶의 부분들을
그냥 밀어붙이지 않게 하시고
모든 것을 주님께 맡기게 하소서
우리가 아무리 노력해도
주님과 나누는 작은 말 한마디만큼
행할 수 없음을 알게 하소서

헬렌 프라츠

쉬지 않는 기도

저에게 용기를 주셔서
거짓말이나 불친절을 멀리하게 하소서

친구들이 주는 상처도 고의적인 것이 아니라고
이해할 수 있는 너그러움과
남을 해치지 않는
사려 깊은 마음을 갖게 하소서

사랑하는 사람들의 마음과
그들이 갖고 있는 간절한 소원과
짐을 알 수 있게 하시고
내 용기가 그들에게 전달되게 하소서

고독한 사람들의 고통을 덜어줄 수 있는
사람이 되게 해주시고
행복한 사람들은
나로 인해 더 행복하게 하소서

잊어버려야 할 것
가슴 아픈 것은 빨리 잊게 하시고
기억해야 할 모든 정다운 것을
어김없이 기억하게 하소서

오늘 또 내일
만나는 모든 사람에게
기쁨과 희망을 주는 존재가 되게 하시며
내 인생이
한 편의 아름다운 노래가 되게 하소서

메리 캐럴린 데이비스

어느 때나 기도하게 하소서

아침 시간에 나아오게 하소서
와서 무릎 꿇고 기도하게 하소서
기도는 종일 하나님과 걷게 하는 순례자인
그리스도인의 지팡이임을 알게 하소서

정오에도 만세 반석이 되시는 주 안에서
쉬며 기도하게 하소서
하루의 더운 열기 속에서
햇빛을 피할 수 있는 곳은 시원하오니

저녁때도 각자의 집에서
가정 예배를 드리며 기도하게 하소서
하루를 마감하는 그때가
천국에서 하나님의 집을 발견하는 때와 같게 하소서

눈이 감기는 한밤중에도
"나는 잠들지만 주여
내 심령은 깨어 있게 하소서
당신과 함께 기도하게 하소서"라고
말하는 것이 얼마나 아름다운 일인지 알게 하소서

아모스 R 웰스

봄날의 기도

오늘 꽃 속에 기쁨을 주십시오
확실하지 않은 수확과 같이
먼 것을 생각하지 않습니다
우리가 여기 있기를 원합니다
참으로 새로운 해가 출발하는 이 시점에

낮에는 있는 그대로고
밤에는 환상과 같은
하얀 과수원 속에 기쁨을 주시기를 원합니다
즐거운 꿀벌들은 꽃 핀 나무 주위를 날고 있으니
그 무리 속에 우리가 즐겁게 되기를 원합니다

또한 갑자기 꿀벌들 위를 날갯짓 소리를 내며
날아오르는 새들로 하여금
우리에게 기쁨을 주시기를 원합니다
바늘 같은 부리로 쪼아
꽃송이 근방 하늘에 고요히 멎는 유성에게

왜냐하면 이것은 사랑, 다른 것이 아닌 사랑이기에
하늘의 하나님께 참마음으로 때의 끝까지
깨끗하게 해주시기를 맡김과 동시에
우리를 완전하게 하셔야만 할 사랑이기 때문입니다

로버트 프로스트

나를 사로잡아 주소서

주여, 나를 포로로 잡아주소서
그러면 나는 자유를 누립니다
내 칼을 던지게 하소서
그러면 나는 정복자가 됩니다
나 혼자 서게 될 때
위태한 심연에 이르게 됩니다
당신의 손안에 나를 사로잡으소서
그러면 내 팔은 강해집니다

내 주를 찾아뵐 때까지
내 마음은 약하고 가난합니다
주께서 내 쇠사슬을 풀 때까지
나는 아무 일도 행할 수 없으며
바람 부는 대로 흔들릴 뿐입니다
영원하신 사랑으로 나를 잡아주소서
그러면 내 영혼은 세상을 인도할 것입니다

주님을 섬기는 법을 배우기까지
내 힘은 아주 약합니다
주님이 움직여주시기 전에는
내 영혼이 불타오를 수 없고
세계를 움직일 수 없습니다
주님이 하늘에서 내려다보시기 전에는
내 깃발이 펄럭일 수 없습니다

주께서 당신의 것이라 하시기 전에는
내 의지도 내 것이 아닙니다
내 의지가 왕좌에 이르게 하기 위해
나는 내 관을 던집니다
오직 주님의 품만을 의지하고
주님 안에서 생명을 찾아보게 될 때
나는 용감하게 일어서서 힘을 다해 싸웁니다

조지 마테존

응답하시는 하나님

하나님께서
우리의 모든 환난과 기도에 응답하실 때
어떤 방법으로
언제 응답하시든지
나는 의심하지 않습니다
어떻게 해서든지
나는 하나님의 뜻을 알기 때문입니다

나는 그의 사랑과 은혜를 느끼게 될 때가
언제 어디인가를 의심하지 않습니다
나는 오직 내가 믿는다는 것과
가장 부유한 축복을 받게 될 것을 압니다

나는 그가 나의 모든 호소에 주의하시며
아름다운 구원의 천사를 보내실 것을
나의 신실한 기노에 응납하시는 것을 모아
의심할 수가 없습니다

휘트네이

나를 위해 기도해줄 친구를 원합니다

괴로운 삶의 행로를 지날 때
내가 사랑하는 자들의 기도가 필요합니다
주님을 위한 날마다의 삶이
진실하며 믿음직스럽게 되기를 원합니다

내 시험받는 영혼이 잘 견디도록
나를 위한 친구들의 기도를 원합니다
나를 위해 하나님께 중보기도를 하는
내 사랑하는 자들의 기도가 필요합니다

나는 내가 사랑하는 자들의 기도가 필요합니다
시험받을 때마다 나를 도우시도록
그를 위해 받는 시험을 잘 참는 영혼이 되도록
그가 나를 그의 권능으로 지키시도록

나는 나를 위해 기도할 친구를 원합니다
믿음의 날개 위로 나를 붙잡아 올리시도록
그리하여 나는 좁은 길을 걸으며
아버지의 영화로운 은혜의 지키심을 입기를 원합니다

제임스 보건

큰사람이 되게 하소서

오 하나님!
모든 하찮은 것으로부터 우리를 지켜주소서
생각과 말과 행동에서
우리가 큰사람이 되게 하소서
남을 흠잡는 일을 그만두게 하소서

모든 이기심을 말끔히 떨쳐버리게 하소서
모든 겉치레를 벗어버리고
자기 연민과 편견 없이
서로 얼굴과 얼굴을 맞대게 하소서
남을 판단하는 일에 절대로 성급하지 않고
항상 관대하게 하소서

매사에 시간의 공을 들이게 하시며
늘 차분하고 평온하며 온유하게 하소서
우리 마음속에 있는 좋은 생각들을
행동으로 옮기는 법을 가르쳐주시고
늘 올바르고 두려움 없이 살게 하소서

사람들 사이에 차이점을 만드는 것이
실상은 삶의 지극히 사소한 것들이라는 것을
삶의 커다란 것들 안에서 우리는 하나라는 것을
깨닫게 하소서
그리고 오 주 하나님
우리가 남에게 친절하기를 잊지 않게 하소서

메리 스튜어트

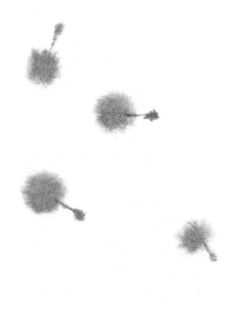

"안 돼"라고 말씀하신 당신께

주님, "오냐"라고 말씀해주셔서
제가 매일 감사드리고 있습니다
그러나 "안 돼"라고 말씀하셨을 때
제가 진심으로 당신께 감사드린 적이 언제였나요?

변경할 수 없이 "안 돼"라고 말씀하실 만큼
당신이 충분히 현명하지 않으셨다면
내 삶에 축적되었을 얼룩들과
가능한 오류들을 생각할 때마다
저는 몸서리치게 됩니다

그래서 당신을 갈망하는 것보다
제가 원하는 것들의 리스트가 길 때
"안 돼"라고 말씀하신 당신께 감사드립니다
제가 빵이 필요하다고 확신하면서
돌을 달라고 간구했을 때
"안 돼"라고 말씀해주셔서 감사합니다

저의 급한 성미로
"이번에는 꼭 들어주세요, 주님?"이라고 했을 때
온갖 핑계들과 이기적인 동기들
위험한 전환들에 대해
"안 돼"라고 말씀하신 당신께 감사드립니다

저를 미혹하는 유혹들이
도망갈 수 없도록 저를 묶을 때
"안 돼"라고 말씀하신 당신께 감사드립니다

혼자 놔두라고 당신께 요구했을 때
"안 돼"라고 말씀하신 당신께 감사드립니다
무엇보다도 특히
제가 고민 중에
"만약 제가 당신께 이 모든 것을 다 드리면
이것만은 제가 가져도 될까요?"라고 물었을 때
"안 돼"라고 말씀하신 당신께 감사드립니다

주님, 당신의 신성한 "안 돼"에 대한 지혜를 볼 때
저의 경외심은 더해갑니다

루스 함스 칼킨

울려라, 힘찬 종이여

울려라, 힘찬 종이여
거친 창공에, 날아가는 구름에, 싸늘한 빛에
오늘 밤으로 이 해는 지나가 버린다
울려라, 힘찬 종이여. 이 해를 가게 해라

낡은 것은 울려 보내고
새로운 것은 울려 맞이해라
울려라, 기쁜 종소리여. 흰 눈 저 너머
해는 저무니 이 해를 울려 보내라
거짓을 울려 보내고 진실을 울려 맞아라

울려 보내라, 이 세상에서 영원히 만날 수 없는
그 사람을 생각하며 가슴에 번지는 이 슬픔을
빈부의 차이에서 오는 반목을 울려 보내고
만민의 구제를 울려 맞아라

울려 보내라, 이 세상의 결핍과 고뇌와 죄악을
그리고 싸늘한 불신의 마음을
울려라 울려 퍼져라, 내 애도의 노래를
울려 맞아라, 보다 교묘한 노래를

울려 보내라, 좋은 가문과 지나친 신념을
그리고 이 세상 사람들의 중상과 모략을
울려 맞아라, 진실과 정의와 사랑을
울려 맞아라, 한없이 선한 사랑을

울려 보내라, 세상에 있는 모든 질병을
울려 보내라, 마음에 꽉 찬 황금의 욕망을
울려 보내라, 지나간 수천 차례의 전쟁을
울려 맞아라, 영원한 평화를

울려 맞이해라, 용기와 자유의 사람
보다 관대한 마음과 보다 자비 넘치는 손을
이 나라의 어둠을 울려 보내라
울려라, 오시는 그리스도를 맞이하기 위해

앨프레드 테니슨

참된 기도

위험에서 벗어나게 해달라고
기도하게 하지 마시고
위험에 처해서도
겁내지 말게 해달라고 기도하게 하소서

고통을 멎게 해달라고 기도하게 하지 마시고
고통을 극복할 용기를 달라고 기도하게 하소서
인생의 싸움터에서 동조자를 찾게 해달라고 기도하게 하지 마시고
인생과 싸워 이길 스스로의 힘을 달라고 기도하게 하소서

공포에서 구원해달라고
기도하게 하지 마시고
자유와 싸워 얻을 인내를 달라고 기도하게 하소서

겁쟁이가 되고 싶지 않습니다
도와주소서
일취월장하는 성공 속에서만
하나님이 자비하다고 생각지 말게 하시고
거듭되는 실패 속에서도
하나님이 내 손을
힘껏 쥐고 계시다고 감사하게 하소서

타고르

말 없는 기도

때때로 나는 말로 기도하지 않습니다
내 손으로 내 마음을 취해
주 앞에 올려놓습니다
그가 이해하시므로 나는 기쁩니다

때때로 나는 말로 기도하지 않습니다
주님의 발 앞에 영혼의 고개를 숙이고
주님의 손을 내 머리에 얹게 하여
우리는 조용하며 달콤하게 사귐을 나눕니다

때때로 나는 말로 기도하지 않습니다
피곤해진 나는 그냥 쉬기만을 바랍니다
내 약한 마음은 구주의 온유한 품속에서
모든 필요를 채웁니다

마사 스넬 니컬슨

당신의 목소리에

당신의 목소리에
나는 믿음을 되찾았습니다

당신의 십자가 아래서
나는 기쁨을 되찾았습니다

당신의 능력의 이름으로
나 또한 내 자신 속에 내려왔습니다

내 주의 발아래서
나는 내 마음을 되찾았습니다

클로텔

우리를 받아주소서

하나님, 당신께
우리의 가장 좋은 것을 드리기 원합니다
그러나 그렇게 하기가 두렵습니다
우리는 당신께 우리의 사랑을 보이기 원합니다
그러나 사람들이 뭐라 말할까
우리의 사랑이 부족한 게 아닐까 두렵습니다
우리는 언젠가 당신께 기름을 부었던
한 여인에 관해 들은 적이 있습니다
그녀는 비싼 향유를
당신께 아낌없이 쏟아 부었습니다
침묵 가운데서 그랬습니다
겸손 가운데서 그랬습니다
사랑 가운데서 그랬습니다
부드러운 용기를 가지고 그랬습니다
남들의 모욕과 비웃음 가운데서 그랬습니다
그리고 당신께서는 그녀를 받아주셨습니다
우리의 겸손
우리의 사랑
우리의 부드러운 용기를 당신께 가져갑니다
우리를 받아주소서

크리스탈 시길

힘을 달라고 간구하는 기도

아버지, 신비로운 당신 앞에 무릎을 꿇고
우리 영혼은 당신의 뜨거운 사랑을 느낍니다
우리는 힘이 없으니
하늘로부터 확신과 힘과 평안함을
감명 깊게 보여주소서

아버지여, 우리는 계속 회의와 슬픔 속에 헤맸으나
당신은 한 걸음씩 앞으로 전진하게 하셨습니다
우리는 미지의 내일을 항상 믿고 있으니
그날이 이를 때까지 우리를 인도해주소서

우리 마음에 있는 거룩한 평화를 누르고
고통이 그 뜻을 이루는 듯하여 우리가 절망할 때
그 고뇌보다 더 강한 마음속 평화를 일깨워
평온을 누리게 하소서

아버지여, 지금 사랑하는 당신 앞에 무릎을 꿇고
우리 영혼은 당신의 뜨거운 사랑을 느낍니다
우리로 이 시간 굳세게 하시어
하늘로부터 확신과 힘과 평안함을
감명 깊게 보여주소서

새뮤얼 존슨

나를 부르셨습니다

주여, 당신은 사람들 가운데로 나를 부르셨습니다
자, 내가 여기 있습니다
나는 당신이 준 목소리로 말했고
당신이 우리 어머니 아버지에게 가르쳐주시고
또 그들이 내게 주신 말로 글을 썼습니다
나는 지금 장난꾸러기들의 조롱을 받으며 고개를 숙이는
무거운 짐을 진 당나귀처럼 길을 가고 있습니다
당신이 원하시는 때에
당신이 원하시는 곳으로 가겠습니다
삼종의 종소리가 울립니다

프랑시스 잠

당신이 기도할 수 없다고 느낄 때

당신이 기도할 수 없다고 느낄 때
당신이 주님을 슬프게 해서
그분이 너무나 멀리 계신 듯이 느낄 때
희망을 잃지 마시기 바랍니다
그분은 "나의 자녀야! 다시 해보아라"라고
말씀하실 것입니다

더는 애쓸 수 없다고 느낄 때
이전에도 너무나 여러 번
실패한 것처럼 느낄 때
하나님은 여전히 당신을 사랑하십니다
그분은 당신이 시작하도록 하시는
출발점입니다

메릴린 베이커

편히 쉴 수 있는 기도

아버지여, 풀들이 자라듯이
조용히 걸어가는 법을 가르쳐주시고
거센 세파의 충격을 맞을 때
내 영혼을 바위처럼 흔들리지 않게 하소서
그러나 내 정신을 꽃처럼
단순하게 만들어주소서
비록 굳센 힘으로 우뚝 서 있다 해도

아버지여, 나무처럼 친절하고
끈기 있게 참는 법을 가르쳐주소서
귀뚜라미 한낮의 그늘진 참나무 아래서
즐겁게 속삭이듯 노래하고
장수풍뎅이 제 일에 힘을 쏟으며
서늘한 제 집에 머물고 있으니
나는 또한 그 어느 한 장소
으슥한 숲이나 뜰을 성원하게 하소서
지나는 길손들의 제일 좋은 보금자리가 되어
편히 쉴 수 있는 그런 곳을

E 마컴

행복을 위한 기도

나를 에워싼
슬픔은 깊습니다
주여, 나는 또다시
당신의 집을 찾아듭니다

여로는 멀고
몸은 지쳤습니다
신전은 비어 있고
고뇌만이 가득합니다

목마른 혀는
포도주를 찾아 시들어갑니다
싸움은 몹시도 거칠었고
저의 팔은 굳어 있습니다

휘청이는 발걸음에
안식을 주시고
굶주린 입들에는
당신의 빵을 주소서

저의 숨결은 약합니다
꿈은 너무도 목메게 불렀습니다
손은 비어 있고
입에서는 열이 납니다

당신의 서늘함을 주시어
이 불길을 끄시고
이 기대를 몰아내시고
광명을 주소서

마음의 불길은
아직 타고 있으며
외침이 살아 있습니다

상처를 아물게 해주시고
저들에게서 사랑은 가져가시고
당신의 행복을 주소서

게오르게

우리 서로 함께하게 하소서

오, 하나님, 다른 사람이
우리에게 줄 수 있는 것이
우리에게 필요한 것일 때가 있습니다

그러나 말하기가 부끄러워 우리는
외로이 인생길을 걸어갑니다

그리고 다른 사람들은
우리가 그들에게 줌으로써
기쁨이 되는 것을 갈망하면서도
달라는 말을 하지 못하고
외로이 인생길을 걸어갑니다

사랑하는 하나님
서로 필요로 하며
서로 도울 수 있고
서로 기뻐할 수 있는 사람들끼리
서로 함께하게 하소서

마저리 홈스

어둠 속을 헤맬 때

나 어둠 속을 헤맬 때
주여, 밝은 빛으로 나를 인도하소서
밤은 어둡고 고향 길은 머니
주여, 나를 인도하소서
먼 곳이 보이지 않으니
한 걸음 한 걸음 지켜주소서

내 한때 주께 간구하지 아니하고
하나님을 멀리했나이다
지난날 내 마음대로 살았던 죄인을
주여, 이제 인도하소서
나의 교만했던 지난날을
주여, 기억하지 마소서

지금껏 주가 주신 은혜 놀라워
장차 나 바른길 가리니
험한 산 거친 들을 넘어
어둡던 밤이 지나면
그토록 오래 기다리던
기쁨의 아침을 맞게 하소서

존 헨리 뉴먼

부모의 기도

저를 훌륭한 부모가 되게 하소서
자녀들을 이해할 수 있게 하시며
자녀들이 말하는 것을 진지하게 듣게 하시며
자녀들의 모든 질문에
부드럽게 대답할 수 있게 하소서

저로 하여금 그들의 생각을
가로막거나 꾸짖지 말게 하시고
자녀들이 어리석은 행동을 하거나 실수를 할 때
비웃지 않도록 하소서
그리고 제 자신의 만족이나 권위를 내세우려고
자녀들을 나무라는 일이 없도록 하소서

매 순간 저의 말과 행동을 통하여
정직함이 옳음을 일러줄 수 있게 하소서
제가 기분이 언짢을 때에 서의 입술을 시켜주시고
자녀들이 어린이라는 것을
자녀들이 어른과 같이 행동할 수 없다는 것을
항상 기억하게 하소서

자녀들 스스로 결정을 내릴 때까지
기회를 허락하는 참을성을 제게 주시고
자녀들 스스로가 옳고 그름을 판단할 수 있도록 하소서
저도 정직하고 바르며 친절한 부모가 되게 하시고
존경받고 본이 되는 부모가 되게 하소서

반 부덴

하나님의 계획 속으로

하나님의 계획 속으로 깊이 빠져들어 보라
그대의 약한 몸을 내리누르는
장애 앞에 두려워하지 말고
그대가 할 수 있는 깊이 만큼
하나님의 계획 속에 빠져들어 보라

그대를 한입에 집어삼켜
잡아먹을 듯이 달려드는
물고기를 두려워하지 말고
그대를 휘몰아 쓸어버릴 듯이 엄습하는
거대한 파도에 겁먹지 말고
그저 그대를 아무런 두려움과 의심 없이
하나님의 계획 속에 내맡기라

어머니의 품에 안겨
심연을 안전하게 빠져나오는 어린아이처럼
그대도 안전하게 인도되리라

엘데르 카마라

삶을 위한 기도

하나님 아버지!
오늘 우리가 살면서 겪는
모든 일을 잘 이용하여
죄의 열매가 아닌
성결의 열매를 거두게 하소서

실망으로 희망을 배우게 하소서
성공으로 감사를 배우게 하소서
불안으로 안정을 배우게 하소서
위험으로 담대함을 배우게 하소서
비난으로 너그러움을 배우게 하소서

칭찬으로 겸손을 배우게 하소서
기쁨으로 절제를 배우게 하소서
고통으로 인내를 배우게 하소서

존 베일리

화해의 기도

모든 사람이 죄를 지어
하나님의 영광에 미치지 못했습니다
오, 아버지 하나님
나라와 나라, 인종과 인종, 계급과 계급을 갈라놓는
미움을 용서해주소서
자기 것이 아닌 것을 소유하고 싶어하는
사람들과 민족들의
탐욕을 용서해주소서

남의 노동의 결실을 착취하고 땅을 황폐하게 하는
탐욕을 용서해주소서
다른 사람들의 번영과 행복을 질투하는
우리의 시기심을 용서해주소서
옥에 갇힌 이들과 집 없는 자들과
난민들의 곤경을 모른 체하는
우리의 무관심을 용서해주소서

하나님이 아니라 우리 자신에 대한 신뢰로 이끄는
우리의 교만함을 용서해주소서
하나님이 그리스도 안에서 우리를 용서하신 것처럼
우리가 친절을 베풀고
서로에게 따스한 마음을 품으며
서로 용서하게 하소서

데이비드 라우바흐

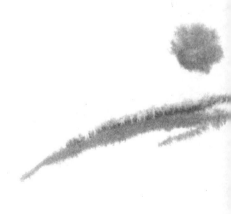

자녀들을 위한 기도

주님, 당신의 축복이
우리 자녀들 하나하나 위에 머물기를 기도합니다
당신의 돌보심
당신께서 베푸시는 일용할 양식
당신의 평화
당신의 인도하심
당신의 비할 바가 없는 선하심을
그들이 알게 되기를 기도합니다
그들이 당신께 와서 서로에 대한 헌신으로
마음이 늘 견고하여 흔들림이 없기를 기도합니다
그들이 모든 면에서 당신의 완전하심에까지 자라나
당신께서 주신 중요한 사명을
완수하게 되기를 기도합니다

그들이 그들을 향한
나의 사랑을 알게 되기를 기도합니다
그들의 아버지나 어머니로서
내가 가지고 있는 최고의 특권을
그들이 알게 되기를 기도합니다
지금 여기에서 우리가 경험하기 시작한
사랑 안에서 자라는 모든 영원한 것을
당신의 은총으로 말미암아
나와 내 자녀들이
함께 누릴 수 있게 되기를 원합니다

존 에이츠

축복 기도

그대의 두 손이
늘 할 일이 있기를 바랍니다
그대의 지갑에
동전 몇 푼이 있기를 원합니다

그대의 창문에
태양이 늘 비추기를 기도합니다
매번 비가 내린 후에
무지개가 그려지기를 원합니다

한 친구의 손이 늘
그대 가까이 있기를 기도합니다
하나님의 기쁨으로
그대의 마음이 충만하게 되기를 기도합니다

고대 켈트인

지혜를 구하는 기도

하나님
변경할 수 없는 일들을 받아들일 수 있는 마음의 평온함을
변경할 수 있는 일들을 변경하는 용기를
그리고 그 둘의 차이점을 아는 지혜를
제게 허락하소서

한 번에 하루만 살게 하소서
한 번에 한순간만 즐기게 하소서
역경을 평화의 통로로 받아들이게 하소서
당신께서 그러하셨듯이
이 죄 많은 세상을 제가 원하는 식으로가 아니라
그 모습 그대로 받아들이게 하소서

당신께서 만사를 바르게 하실 것임을
신뢰하게 하소서
제가 당신의 뜻에 굴복한다면
저는 이 땅의 삶에서 행복할 것입니다
그리고 내세에서는
당신과 영원히 함께 있으면서 말할 수 없이
행복할 것입니다

라인홀트 니부어

매일 기도

하늘에 계신 자비하신 하나님
가르쳐야 할 필요가 있을 때
저를 통해 가르쳐주시고
메시지를 전하실 필요가 있을 때
저를 통해 말씀하시고
사랑할 필요가 있을 때
저를 통해서 사랑하시고
음악이 필요할 때,
저를 통해 노래하시고
이해가 필요할 때
저를 통해 듣게 하시고
상의할 필요가 있을 때
저를 통해서 충고하시고
기도가 필요할 때
저를 통해 기도하시고
도움의 손길이 필요할 때
저의 손을 통해 펼쳐주소서

맥냇트

어린이를 위한 기도

귀여운 카리테스는 엄마와 헤어져
혼자서 길 떠났네
어둠의 나라로
아스포델 꽃 피는 화원은 있다 하지만
아가의 걸음마를 부축해 지켜주소서

그리스 옛시

아버지의 사랑과 축복을

주님, 제게 자녀를 허락하사
부모로 삼아주시니 감사드립니다
겸허하게 고백합니다
아직 제 가정에는 하늘의 완전한 사랑과
기쁨이 나타나고 있지 않습니다
저는 부모로서 제 소명을 다하지 못하고 있습니다
아버지여, 저를 용서하소서
이제 감히 구하오니 저를 인도해주시고
하나님의 거룩하신 말씀을
묵상할 수 있도록 도와주소서
제가 한 사람의 부모로서
마땅히 행할 바를 깨우쳐주시고
하나님을 완전하신 아버지로 깨닫게 하소서
제가 아버지 되신 하나님을 깨달아가면서
제 자녀들에게도 진정한 부모로서의 역할을
올바로 할 수 있게 하소서
구하오니 아버지의 사랑과 축복을
저희 가정에 풍성하게 내려주소서

A. 머리

저녁 기도

오, 하나님
지금 제게 당신의 능력과
영광에 대한 감각을 주셔서
이 세상의 모든 사물을
진정한 모습에서 볼 수 있게 하소서
하루가 천 년 같고
천 년이 하루 같다는 사실에 대해서
제가 무지하지 않게 하소서
지금 제가 성취한 것들에 대한 자부심을 없앨
당신의 완벽한 거룩함에 대해 이해하게 하소서
지금 제게 그보다 못한
모든 아름다움에 만족하지 못하게 만들
당신의 스스로 존재하는 아름다움에 대한 비전을 주소서

존 베일리

그리스도를 얻기 위한 기도

오! 세상의 영화는 그 얼마나 빨리 지나갑니까?
세상에는 얼마나 많은 사람이
헛된 학문 때문에 망합니까?
하나님 섬김을 별로 상관치 않고
저들은 겸손하게 지내려고도 하지 않으며
훌륭한 사람으로 보이려 하는 고로
그들의 생각이 헛되고 맙니다
참으로 위대한 자는 사랑을 많이 가진 잡니다
참으로 높은 자는 자기를 스스로 낮추고
모든 존귀한 영예를 허무한 것과 같이 보는 잡니다
참으로 슬기로운 자는 그리스도를 얻기 위하여
세상의 모든 것을 분토와 같이 보는 잡니다
참으로 유식한 자는 하나님의 성의를 따르고
자기의 뜻을 버리는 잡니다

토마스 켐피스

나를 기억하소서

복의 근원이신 주여!
내 마음을 주께 드립니다
슬플 때나 괴로울 때
주여, 나를 기억하소서
내 가난한 마음이 죄로 무거울 때
나를 용서하시고
새로운 평화를 주소서
주여, 나를 기억하소서
많은 시험이 내 길을 가로막아
악에서 헤어나지 못할 때
힘을 주소서
주여, 나를 기억하소서
고통과 질병과 슬픔에 시달려
내 영혼이 지쳤을 때
인내와 휴식을 주시사 나를 구하소서
마지막 눈을 감을 때
주여, 나를 기억하소서

토머스 호러스

어느 졸업생의 기도

아버지여, 제가 지식을 조금 얻었으니
슬기롭게 사용하여
제가 사는 이 세상을
좀 더 나은 곳으로 만들
길을 보여주소서

고뇌 많은 삶을
좀 더 뜻있게 살고자 원하오니
믿음과 용기를 베푸시사
저의 나날에 목적을 심어주소서

가장 큰 열매를 맺도록
주님을 섬길 길 보여주시사
저의 모든 배움과
지식과 기술이
주님의 뜻 행함을 배워서
참다운 열매를 맺게 하소서
제 모든 일 행할 때
지식은 배움에서 비롯하며
지혜는 주님으로부터 비롯함을
언제나 깨우치게 하소서

H. S. 라이스

잠 못 이루는 자들을 위한 기도

오 하나님!
오늘 밤 잠 못 이루는 자들을 축복해주시기를
당신께 간곡히 부탁드립니다
육체의 질병이나 마음의 고통을 지고 있는 사람들
불행에 처한 사람들
굶주림과 추위 속에 길거리에 누워 있는 사람들
집을 멀리 떠나 있는 사람들
사랑하는 친구들이 곁에 없는 사람들
그림자가 질 때면 외로움이 밀려오는 사람들
그들은 오늘 밤도 잠을 이루지 못할 것입니다
우리가 우리의 행복과 안락에 취하는 동안
더디게만 흘러가는
긴 어둠의 시간을 맞이해야 할
그들의 슬픔, 고통, 외로움, 곤경을
절대로 잊지 말게 하소서
당신의 사랑을 위해
간절히 요청합니다

윌리엄 바클레이

감각을 위한 축복 기도

그대의 몸에 축복 있기를 원합니다
그대의 몸이
그대의 영혼이
충실하고도 아름다운 친구임을 깨닫기를 바랍니다
그대에게 평화와 기쁨 있기를 바랍니다
그대의 감각들의 신성한 문임을 인식하기를 바랍니다
보고 듣고 느끼고 만지고 생각하는 것이
거룩한 것임을 깨닫기를 원합니다
그대의 감각들이 그대를 온전케 하여
그대의 본향으로 데려가기를 바랍니다
그대의 감각들이 늘 그대로 하여금
지금 그대가 있는 곳에 펼쳐진
우주와 신비와 가능성들을
경축하게 하기를 바랍니다
지상의 사랑이
그대를 축복하기를 바랍니다

존 도너휴

세계에 스며드는 사랑

주여, 두렵습니다
나는 기도합니다
나로 사랑할 수 있는 사람이 되게 하시어
참된 사랑을 세계에 뿌릴 수 있게 해주소서
보다 좋은 세계를 이루는 전쟁은
사랑을 위한 전쟁이며
사랑을 위한 봉사라는 사실을
결코 잊는 일이 없게 하소서

주여, 내게 사랑하는 법을 가르쳐주소서
내 사랑의 힘을 낭비하지 않기 위해
이웃을 더욱 많이 사랑할 수 있게 하기 위해
자기를 더욱 적게 사랑하게 되기 위해
내 곁에 있는 사람이 필요로 하는 사랑을 내가 훔쳐
괴로워하거나 죽는 일이 없게 하소서

쿠오스트

감사 기도

오, 주님
당신과 함께 살아간다는 것은
얼마나 쉬운 일입니까
내가 당신의 존재를 믿는다는 것은
얼마나 쉬운 일입니까
가장 똑똑한 사람들이 오늘의 삶에 얽매여
내일 무엇을 해야 할지 모르고 허둥대는 모습을 보며
내 마음이 당혹감이나 망설임 가운데서 흩어질 때
당신께서는 내게 확신을 주십니다
당신께서 존재하여
선한 길들이 모두 막히지는 않도록
배려해주시리라는
고요한 확신을 내게 주십니다
결코 나 홀로는 발견하지 못했을 그 길
절망을 통과하여 나를 이 지점까지
이끌어온 그 길을
이제 나는 세속적 명예의 용마루에 우뚝 서서
놀라움 가운데서 뒤돌아봅니다

나는 이 지점에서부터 당신의 환한 빛을
세상 사람들에게 전할 수 있습니다
그리고 내가 아직도 전하지 않으면
안 될 만큼의 빛을
당신께서는 내게 주실 것입니다
그러나 내가 취할 수 없는 만큼의 빛을
당신께서는 다른 사람들에게 할당하실 것입니다

알렉산드르 솔제니친

기도의 시간

내 하나님이여!
불그레한 여명부터 저녁 별이 뜰 때까지
나를 불러 당신 발 앞에 있게 하시는 기도의 시간처럼
그렇게 좋은 시간이 어디 있습니까?

평온한 아침 시간과
엄숙한 저녁 시간은 가장 복된 시간입니다
들어 올려진 기도의 날개를 타고
나는 세상을 떠납니다

내가 원하는 모든 것을 얻기까지는
감미로운 구원을 말할 수 없습니다
전쟁의 힘이나 슬픔의 위안도
마음의 평화도 말할 수 없습니다

모든 의심의 소리가 조용해졌고
모든 두려움도 사라져버렸습니다
내 영혼은 천국에 머무르는 것 같고
참회의 눈물까지도 말끔히 씻겼습니다

주여, 내가 기쁨에 찬 나라에 이를 때까지
내 마음속에 품은 영혼을
기도로 당신께 붓는 것처럼
그토록 사랑할 은혜가 없습니다

살로테 엘리오트

새벽에 드리는 기도

오, 주님!
주님을 찬양하며 경배합니다
이 새벽에 드리는 기도로 오늘의 경배가
끝나는 것으로 생각하지 말게 하시고
종일 주님을 잊지 않게 하소서

이 고요한 순간에
빛과 기쁨과 능력이
이 한날 모든 시간을 통해
내게 있게 하시며
생각에 정숙을
말에는 절제와 진실이 있게 하시고
일에는 근면과 성실을
나 자신의 평가에는 겸손이 있게 하시며
남에게는 존경과 관대로
과거 모든 거룩한 기억을 충실히
간수하게 하소서

주님의 어린아이인 나로 하여금
영원하신 하나님께 마음을 두게 하소서
과거 수많은 세대를 통하여
나의 선조들께 피난처가 되어주신
하나님이시여!
오늘 내게 주신 시간 시간과 범사에도
피난처 되어주소서
암흑과 의심을 통해서도
나의 안내자가 되어주시며
내 영혼의 행복을 위협하는
많은 위협에 맞서는 방패가 되어주소서

나의 시련 중에 힘이 되어주시며
내 심령 위에 주의 평강을 드리워주소서

존 베일리

은밀하게 계획하시는 주님

주님께서 은밀하게
그대를 위하여 계획을 하시니
그대가 근심함을 싫어하십니다
하나님 자신이 모두 맡으시니
그대의 안내인이 모든
교묘한 함정을 넘겨줄 것입니다

주님께서 은밀하게
계획을 세우십니다
확실하게 주님은 실패하지 않습니다
하나님의 신실하심에 쉬기를 원합니다
주 안에서 그대는 진실로 이길 것입니다

주님께서 은밀하게
그대를 위해 계획을 세우십니다
어떤 사랑의 놀라움을
눈이 보지 못하고
귀가 듣지 못하나
그러나 그것이 그대를 높일 것입니다

주님께서 은밀하게
그대를 위해 계획을 세우십니다
그의 목적을 모두 펼치시므로
뒤엉킨 실타래가 결국엔 풀려
놀라운 작품이 될 것입니다

주님께서 은밀하게
그대를 위해 계획을 세우십니다
아버지의 보호를 받는
행복한 아이여!
주님의 사랑을 받는 이가 없는데
그대만이 그 사랑을 받고 있습니다

마리 그림스

번민의 시간에

내 번민의 시간에
시험이 나를 괴롭히고
내 죄를 고백할 때
성령이여 나를 위로하소서

내가 잠자리에 들면
마음과 생각이 병들어
의심이 가득해 괴로우니
성령이여 나를 위로하소서

내 집엔 비탄과 눈물
온 세상이 잠들어 있는 밤
뜬눈으로 시계만 바라봅니다
성령이여 나를 위로하소서

질밍과 의심으로
잠들지 못하여 뒤척일 때
잔에 마시던 술을 주는 아십니다
성령이여 나를 위로하소서

심판의 날이 오면
감추어진 것이 다 드러나리니
나는 지금 간구를 드립니다
성령이여 나를 위로하소서

로버트 헤릭

내 영혼을 살펴주소서

오 하나님
당신의 자비로써
내 소생하는 영혼을 살펴주셔서
경배와 사랑과 찬양의 길로
나를 인도하소서

주님의 부드러운 보살핌이
내 영혼에 한없는 위로가 되었지만
내 어린 가슴으로는 미처
나를 위로하신 분을 알지 못했습니다

철없는 발걸음으로
내 위험한 젊음의 길을 달릴 때
주님께서 보이지 않는 팔로 보호하셔서
키워주셨습니다

내가 병들었을 때
주님은 건강하게 하사 깨끗하게 해주시고
죄와 슬픔에 빠졌을 때
내 영혼이 주님의 은총으로 소생했습니다

내가 살아 있는 동안에
주님의 선을 따르겠습니다
죽어서 저세상에서도
이 영광스런 사명을 새롭게 해주소서

영원토록 기쁜 찬송을
내 주님께 드립니다
주님을 찬양하기에
아, 영원도 너무 짧은 순간입니다

조지프 애디슨

평화의 도구로

오, 주여!
나로 하여금
당신의 평화의 도구로 삼으소서
미움이 있는 곳에 사랑을
범죄가 있는 곳에 용서를
다툼이 있는 곳에 화해를
잘못이 있는 곳에 진리를
회의가 자욱한 곳에 믿음을
절망이 드리운 곳에 소망을

어두운 곳에는 당신의 빛을
슬픔이 쌓인 곳에 기쁨을 전하는
사신이 되게 하소서

위로받기보다는 위로를 베풀고
이해받기보다는 이해하며
사랑받기보다는 사랑하게 해주소서

우리는 줌으로써 받고
자기를 버려 죽음으로써
영생을 누리기 때문입니다

성 프란체스코

길 떠나기 전의 기도

축복으로써 오늘도 길을 나서
어느 땅으로 향하든지
당신의 보호 아래 여행할 수 있게 하소서
우리 주 그리스도여
당신의 은총을 우리에게 내려주시사 보호하소서
하나님으로서는 오래고 사람으로서는 새로운 당신이
나귀와 소를 앞에 두고서 겸손히
구유 속에 누워 계시어
한없는 축복과 보호로써
천사장 가브리엘이 잠시도 한눈팔지 않고
충실하게 당신을 보호하던 그때
거룩한 천사가 당신에게 하셨던 바와 같이
나를 지켜주소서
당신의 한없이 깨끗한 훈계로
내 위에 새로 임하소서

발터

당신의 것

우리를 불쌍히 여기소서
우리의 노력을
불쌍히 여기소서
우리로 하여금 사랑과 믿음으로 가득 채우사
정의를 존중하고 겸허한 마음으로 당신 앞에 나아가
나를 이기고 충성을 지키며
용기로써 당신의 뒤를 따라갈 수 있도록 하시고
우리로 하여금 고요함 속에
당신과 만날 수 있도록 하소서

당신의 모습을 볼 수 있도록
깨끗한 마음을 주소서
당신의 목소리를 들을 수 있도록
가난한 마음을 주소서
당신을 섬길 수 있도록
사랑하는 마음을 주소서
당신 안에 살 수 있도록
믿는 마음을 주소서

주여
나는 당신을 알지 못하나
아무튼 주님의 것입니다

주여
나는 당신의 마음을 헤아릴 수 없으나
주께서는 나를 위하여
당신의 몸을 바치셨습니다

다그 함마르셸드

끊임없이 기도하라

주여, 당신 앞에서 한때를 보낼 때
내게 크나큰 변화가 생깁니다
나의 가슴에서
묵직한 괴로움이 사라져버립니다
마른 내 마음이 당신의 은혜의 비로
촉촉하게 젖어 듭니다

우리가 주님 앞에 엎드릴 때
주위는 어둡게 느껴지나
다시금 일어설 때는
저 멀리까지 태양 빛이 밝게 빛납니다
우리는 머리 숙이고 꿇어앉았으나
일어설 때는 용기가 넘칩니다

우리는 어찌하여 때로 약해지고
근심으로 말미암아 마음이 지쳐
무정한 생각을 지니며
또한 쓸데없이 걱정하는 잘못을 저지르게 되는지요?
우리에게 기도가 허락되어 있고
주님에게는 기쁨과 용기가 있습니다

트렌치

큰 어려움에 즈음한 기도

주 하나님
크나큰 어려움이 내게 닥쳐왔습니다
근심이 나를 쓰러뜨리려 합니다
어떻게 해야 할지 나는 알지 못합니다
하나님의 은혜로 나를 도우소서
두려움이 나를 지배하지 못하게 하소서
아버지처럼 나의 가족인
아내와 자식을 돌보아 주소서

자비하신 하나님
당신에게 대하여 그리고 사람들에게 대하여
내가 범한 모든 죄를 사해주소서
당신의 은혜를 믿으며
당신의 손에 내 모든 생을 맡깁니다
당신의 뜻에 맞도록 또한 내게 유익함이 되도록
나를 다루어주소서
하나님, 살든지 죽든지 나는 당신 아래 있으며
당신께서는 나와 함께 계십니다
주여, 당신의 구원과 그 나라를
나는 기다리며 바랍니다

디트리히 본회퍼

병상에서

내 수금과 비올이 버드나무 위에
걸려 있다 한들 어떻습니까?
내 침상이 무덤이 되고 내 집에
어둠이 짙어진다 한들 어떻습니까?
내 건강한 날이 사라지고 죽은 자들 가운데
내가 끼어 누워 있다 한들 어떻습니까?
그렇더라도
지금은 비록 시들어버린 꽃이지만
당신의 위대한 힘에 의하여
다시 싹이 돋아나리라는
희망을 지니고 있습니다

로버트 헤릭

내 눈을 감겨주십시오

내 눈을 감겨주십시오
나는 당신을 볼 수 있습니다
내 귀를 막아주십시오
나는 당신의 소리를 들을 수 있습니다
발이 없을지라도
나는 당신 곁에 갈 수 있습니다
또한 입이 없어도
나는 당신에게 애원할 수 있습니다
내 팔을 꺾어주십시오
나는 당신을 마음으로 더듬어 품을 수 있습니다
내 심장을 멈추어주십시오
나의 뇌가 맥박 칠 것입니다
만일 나의 뇌에 불이라도 사른다면
나는 나의 피로써 당신을 운반할 것입니다

라이너 마리아 릴케

아버지의 기도

내게 이런 자녀를 주소서
약할 때 자기를 돌아볼 줄 아는 여유와
두려울 때 자신을 잃지 않는 담대성을 가지고
정직한 패배를 부끄러워하지 않고 태연하며
승리에 겸손하고 온유한 자녀를 내게 주소서

생각할 때 고집 부리지 않게 하시고
주님을 알고 자신을 아는 것이
지식의 기초임을 아는
그런 자녀를 내게 허락하소서

원하오니 제 자녀를
평탄하고 안이한 길로 인도하지 마시고
고난과 도전에 직면하여 분투 항거할 줄 알도록
인도해주소서
그리하여 폭풍우 속에신 용감히 싸울 줄 알고
패자를 관용할 줄 알도록 가르쳐주소서

그 마음이 깨끗하고 그 목표가 높은 자녀를
남을 정복하려고 하기 전에
자신을 먼저 다스릴 줄 아는 자녀를
장래를 바라봄과 동시에 지난날을 잊지 않는
자녀를 내게 주소서

이런 것들을 허락하신 다음에
제 자녀에게 유머를 알게 하시고
생을 엄숙하게 살아감과 동시에
생을 즐길 줄 알게 해주소서

자기 자신에 대하여 지나치게 집착하지 말게 하시고
겸허한 마음을 주시어
참된 위대성은 소박함에 있음을 알게 하시고
참된 지혜는 열린 마음에 있으며
참된 힘은 온유함에 있음을 명심하게 하소서

그리하여 나 아버지는
먼 훗날
내 인생은 헛되지 않았노라고
고백할 수 있도록 도와주소서

더글러스 맥아더

매일 아침 감사합니다

매일 아침
잠을 깨어 일어날 때마다
주님의 사랑은 새롭습니다

주님의 사랑은
우리를 캄캄한 밤 지날 동안
보호하시고

아침이 되면
생명과
능력과
생각을 돌려주십니다

날마다
내려주시는
새로운 자비하심이
머리를 숙여 기도하는 우리를
둘러쌉니다

새 위험은 사라지고
새 죄는 사함을 입으니
주님께 향하는 마음과
하늘을 바라는
생각은 깊어집니다

키볼

진실한 사랑을 하게 하소서

상한 갈대를 치료해주시고
오래 참아주시는 주님이시여!
저의 형제가 갈급하오니
저를 사랑의 도구로 삼으소서
이 불쌍한 갈대가 치료를 받아
주님을 위해 쓰이게 하소서

저에게도 하나님이 되시는 주님이시여!
진실한 사랑을 하게 하소서
가느다란 상 끝에도 불을 켜시는
오, 열렬한 사랑의 주님이시여!
저의 부족함을 채워주셔서
저를 사랑의 도구로 삼으소서
그리하여 이 불쌍한 삼 줄기가
생기를 얻어 주님을 위해 타오르게 하소서
저에게도 하나님이 되어주신 주님이시여!
진실한 사랑을 하게 하소서

에이미 카마이클

다시 기도하러 왔습니다

주여, 기도하며 주님을 찾아갑니다
기도 안에 희망과 평안이 있었습니다
주님은 지혜와 용기와 힘을 주셨습니다
그때 몹시도 필요했던 그것을
청하기 전에 주님은 알고 계셨습니다
주님의 응답은 순식간에 왔습니다
주님이 주신 자비로운 사랑
그것은 제 영혼의 식량이었습니다

주여, 오늘 다시 기도하러 왔습니다
인도하시고 도와주소서
제가 알아야 할 것을 가르쳐주시고
주님의 어린양이 가야 할 길을 보여주소서

오, 주님
저를 거푸집에 넣어
주님을 섬기고 준비토록 하소서
하나님의 사랑스러운 아들의 이름으로
당신의 뜻이 이루어지기를 간구합니다

보니 소울 레일리

마음이 열려 있게 하소서

오, 하나님!
나로 하여금 순전한 마음으로
예수님을 따르고 섬길 수 있도록
마음에 큰 자유를 주소서
그의 모범을 주목하고
그의 규례를 지킬 수 있도록
언제나 준비하고 마음이 열려 있게 하소서

내가 최고의 사려 깊음, 위대한 순결
세상으로부터의 위대한 분리와
큰 자유를 얻을 수 있도록
나를 도우시며
주 예수그리스도에 대한 확고하고도
불변한 믿음을 주소서

나로 하여금

나의 재능을 오용하거나

재능 계발을 게을리 하는 방식으로

일상사를 처리하지 않게 하시며

욕망 없이 노력하게 하소서

야심 없이 부지런하게 하소서

모든 사소한 일에 성패가 달려 있다고 생각하고

모든 일을 꼼꼼히 하되

그러면서도 모든 일을 주님께 맡기며

여전히 모든 선행에 관한 칭찬을

주님께 돌리게 하소서

수잔나 웨슬리

우리를 아름답게 하소서

오, 주님
우리를 언덕처럼 평온하게
하늘처럼 맑게
구름처럼 순결하게
나무처럼 꼿꼿하게
햇빛처럼 따스하게
비처럼 상쾌하게 해주소서

오. 주님
만물을 아름답게 지으시는 주님
우리 또한 아름답게 해주소서

밥 벤슨

두 손 모아 기도합니다

이 세상에서 꿈꾸는 것보다 많은 일이
기도로써 이루어지니
내 목소리를 샘물처럼 솟구쳐
밤낮으로 날 위해 기도해다오
인간이 양이나 염소보다 뛰어나다는 증거인
그 기도가 마음속 칠흑 같은 삶을 부양할 것이니
사람이 하나님을 알면서
자신과 친구를 위한 기도에
두 손을 모으지 않을 리 없지 않은가
광대한 대지 위에 뻗은 그 어떤 길도
하나님의 발아래 금줄로 묶인 길일 뿐이니

앨프레드 테니슨

주여, 어찌하면 됩니까

오늘 선행을 베풀려면
섬기는 삶을 살려면
조언을 해주려면
주여, 어찌하면 됩니까

부정한 사람을 바르게 인도하려면
담대해지고 싶은 자를 도우려면
미소나 노래로 북돋아주려면
주여, 어찌하면 됩니까

무거운 짐을 덜어주려면
고통에 빠진 자를 도우려면
더 많은 행복을 전파하려면
주여, 어찌하면 됩니까

친절한 행동을 하려면
풍성한 열매를 맺을 씨앗을 뿌리려면
어려운 자를 도우려면
주여, 어찌하면 됩니까

굶주린 영혼을 배불리 먹이려면
더 나은 출발을 하려면
내 빈 곳을 더욱 숭고한 영혼으로 채우려면
주여, 어찌하면 됩니까

그렌빌 클라이저

창조적인 힘을 주소서

내 안에는 생명과 같은 힘이 있습니다
나는 주님께 의지하고 평안을 얻습니다
내가 주님께 의지하고 평안을 얻고자 할 때
주님은 항상 나를 도와주시고 치유해주십니다

내 안에는 생명과 같은 지혜가 있습니다
나는 주님께 의지하고 평안을 얻습니다
내가 주님께 의지하고 평안을 얻고자 할 때
지혜는 항상 나를 도와주고 치유해줍니다

내 안에는 생명과 같은 사랑이 있습니다
나는 주님께 의지하고 평안을 얻습니다
내가 주님께 의지하고 평안을 얻고자 할 때
사랑은 항상 나를 도와주고 치유해줍니다

무명

가장 숭고한 노래

기도는 마음속에서 우러나는 진지한 갈망이요
말로써 나타내지 않으면 알 수 없는 것이니
가슴속에서 울리는
감추어진 불꽃의 움직임 같은 것입니다

기도는 가장 진솔한 언어
아기들도 입술을 움직여 해볼 수 있으며
기도하는 이의 가장 숭고한 노래는
저 높은 곳에 계시는 절대자에게 도달합니다

기도는 주를 믿는 사람의 호흡이요
고향의 공기고
죽음을 극복하는 강력한 구호니
기도로써 천국에 들어갈 수 있습니다

제임스 몽고메리

우리 집

저를 만들어주소서, 주님
제 심령을 고요하게 하심으로
제 마음의 압박감을 풀어주소서
영원한 꿈으로
성급하지 않은 발걸음을 견고하게 하소서
하루의 혼동 가운데서도
산이 지닌 고요함을 갖게 하소서

제 신경질을 끊어주시고
뻣뻣해진 근육들을
시냇물 소리로 부드럽게 하소서
수면의 마력적인 회생 능력을
알게 하소서
몇 분 동안 휴가를 즐기는 기술을
내게 가르쳐주소서

평화로이 꽃을 바라보고
친구와 이야기하며
개를 쓰다듬고
좋은 책을 읽으면서
편안히 쉬게 하소서

주님
제게 영감을 주셔서
영혼 속으로 깊이 뿌리내려
좀 더 위대한 운명의 별을 향해
성장하게 하소서

무명

그들과 함께 나눌 수 있게 하소서

오 하나님!
제 삶 속에 성령을 보내사
변화되게 하소서
하나님의 뜻을 따를 수 있게 하소서
성자의 복음을 통해
진리를 깨우치게 하소서
죄인들을 향한 참사랑으로
제게 능력을 부어주사
기도할 때마다
그들을 위해 기도하기를 원하게 하시고
모든 진리를 그들과 함께 나눌 수 있게 하소서

찰스 피니

주여, 저에게

주여, 저에게 건강한 몸과
그것을 최상으로 유지할 감각을 주소서

주여, 저에게 왕성한 소화력을 주시고
음식도 주소서

주여, 저에게 건강한 마음을 주시고
선함과 순결을 보게 하소서

죄를 보고 겁내지 않게 하시고
그것을 물리칠 수 있는 용기를 주소서

얽매이거나 다투거나 불평하거나
한숨짓지 않게 하시고
내 자신에 대해 지나치게
신경 쓰지 않게 하소서

생활 속에서 행복을 얻고
그것을 다른 사람들에게 전하게 하소서

무명

성공을 빌며

오, 만물의 창조주시여!
나를 도와주소서
오늘 알몸으로 그리고 홀로
세상에 나아가오니
인도하시는 당신의 손길 없이는
성공과 행복에 이르는 길에서
멀리 방황할 것입니다

나는 금이나 옷
또 내 능력에 해당하는 기회조차도
구하지 않습니다
다만 내 기회에 해당하는
능력을 얻도록 인도해주소서

주님은 사자와 독수리에게 이빨과 발톱으로
먹이를 잡고 살아가는 방법을
가르쳐주셨습니다
나에게도 내가 사람들 가운데서 사자가 되고
시장에서는 독수리가 되도록
말로 사냥하고
사랑으로 살아가는 법을
가르쳐주소서

장애와 실패 가운데서도
겸손으로 머물 수 있게 도와주소서
그러나 승리와 함께 오는 자랑스러움은
이 눈에서 감추지 마소서

다른 사람들이 실패한 일을
내게 맡겨주소서
그러나 그들의 실패에서 성공의 씨를
거두도록 이끌어주소서
내 정신을 단련할 공포를 주시고
그러면서도 나의 불행을 보고
웃을 수 있는 용기를 내게 주소서

목표를 달성할 수 있도록 나날을
충분히 허락해주소서
그러나 오늘이 나의 마지막 날인 것처럼
살 수 있게 도와주소서

내 말이 열매를 맺을 수 있도록
내 말 가운데 나를 인도하고
동시에 이웃에겐 해가 되지 않게
험담 앞에 침묵하게 하소서

시도하고 또 시도하는
습관을 들이게 해주소서
또한 평균의 법칙을 이용하는
방법을 보여주소서
기회를 잘 포착하게 하시고
힘을 집중할 수 있도록 인내심도 주소서

나쁜 습관은 다 사라지게 하시고
좋은 습관으로 나를 씻어주소서
다른 이의 약점을 동정할 수 있게 해주소서

모든 것이 다 곧 지나갈 것임을
알도록 해주시고
오늘도 축복을 헤아릴 수 있도록
또한 도와주소서

나를 낯선 이가 되지 않게
미움을 다 드러내 주시고
동시에 낯선 이가 친구가 되도록
내 잔을 사랑으로 채워주소서

그러나 주님!
이 모든 것은 당신의 뜻대로일 뿐입니다

나는 포도 나무에 달린 작고 외로운
포도 알이면서도
당신께서는 다른 사람과 달리
나를 만드셨습니다
분명 나를 위한
특별한 자리가 있을 것입니다
나를 이끌어주소서
나를 도와주소서
내게 길을 보여주소서

나의 뿌리는 씨가
주님께 선택이 되어
세상이라는 포도원에서 싹틀 때
모든 것이
주님이 내게 계획한 대로 되게 하소서

이 비천한 존재를 도와주소서
나를 이끌어주소서

오그 만디노

어제의 슬픔

어제 내린 비는
장미 위에 떨어지는
보석이었습니다

포플러 잎에는 은이
플라타너스엔 금이
어제 변한 슬픔은
침묵입니다

세월과 변화가
결코 저들을
괴롭히지 않을
성스러운 사랑입니다

어제 내린 비가
온 산을
찬란히 빛나게 했습니다
월계수 위의 산호
잔디 위의 비취도
어제 변한 슬픔이 가르쳐줍니다
지나가는 바람 속에서
영원히 속삭여줍니다

오!
마음이 약하며
영혼 폭풍에 맞은 이여!
이 비가
내일을 빛나게 합니다

호랑이가시나무 꽃 속의 빛과
가시 위의 보석들
물망초 속의 천국
지금은 슬프지만
그러나
신비한 이 아침처럼
아름다워집니다

캐서린 리 베이츠

오늘 밤 하나님께 영광

오늘 밤 빛으로 축복하시니
나의 하나님, 주께 영광
능력의 날개 아래 나를 지켜주소서
오, 나를 지켜주소서
만왕의 왕이시여

세상을 살면서 당신에게
내 지금껏 지은 죄
주여, 당신의 독생자로 용서하소서
내 잠들기 전에 평안을 주소서

내 삶을 가르쳐주소서
내 잠자리처럼 초라한 무덤이 두렵습니다
내게 죽음을 가르쳐주소서
심판 날에 영광스레 일어납니다

아, 내 영혼 당신 위에 쉬게 하소서
단잠으로 내 눈꺼풀 덮으소서
악몽으로 뒤척이지 않게 하소서
악의 힘이 괴롭히지 못하게 하소서

내가 잠잘 때
주의 파수꾼으로 내 침상 곁에서 지켜주소서
신령한 사랑 내게 스며들어
모든 악의 길을 막으소서

복의 근원이신 하나님을 찬양하라
만물 그 발아래 엎드려 찬양하라
천국의 주인이신 그를 높이 찬양하라
성부와 성자와 성령을 찬양하라

투마스 켄

조용히 주를 믿으며

인생의 홍해에 다다르셨습니까?
최선을 다해도 거긴 길이 없습니다
돌아갈 길 없고 또한 나갈 길도
건너갈 다른 길도 없지 않습니까?

조용히 주를 믿으며 섬기게 하소서
그 공포의 밤이 지날 때까지
주께서 바람을 보내주셔서
물결을 쌓으시리니
그때에 주께서 당신의 영혼에게
"가라"
말씀하십니다

그리고 주의 손이
당신을 인도하십니다
저 물 벽이 흘러내리기 전
화가 당신에게 미치지 못하고
물결이 다치게 하지 못하며
성난 바다가 빠뜨릴 수 없습니다
뛰는 물결이 저들의 물마루를 가르고
당신의 발밑에 거품이 되어 깨집니다

그러나 저들의 침대 위를
당신은 마른신을 신고 걸으시니
그가 당신을 바다에서
알지 못하는 땅으로 인도하실 때
재난이 지남에 따라
두려움도 가시고
이제는 더 무섭지 않을 것입니다
평안한 곳에서 주를 찬양합니다
주의 손으로 만드신 그곳에서

애니 존슨 플린트

새 가정을 위한 기도

오, 하나님!
우리의 발걸음을 모아
결혼의 삶을
이제 시작하려 합니다
굽어보소서 그리스도 주시여!

우리의 마음을 성령으로 채우시고
우리 가정에 성령이여 오소서

때마다 보이지 않는 손님으로 오시며
대화 때에 묵묵히 듣는 이가 되시고
선잠 아닌 깊은 잠에 친구가 되소서

어려운 때에 사랑과 기쁨
그리고 화평을 가지고 오소서
시간 시간에 빛이 되이주소서
아버지여!

연초부터 연말까지
웃을 때나 눈물을 흘릴 때
일할 때나 휴식을 누릴 때
눕거나 일어나는 생활 전부에
평탄을 허락하소서

간수하심과 지켜주심이
지금부터 영원까지 하시고
우리는 주님의 사랑받는 사람 되게 하시며
결혼의 기쁨이 죽는 날까지 가게 하소서

오, 하나님!
우리의 삶의 계획과
구상을 붙드셔서
순간순간이 황금의 때에
행복한 시간이 되게 하소서
사랑과 희망
기도하는 모든 것이
진실하게 되며
아름다운 꿈으로
꽃피게 하소서
새해 첫날부터
꽃피게 하소서

로버트 실러

아버지여, 내 손을 잡아주소서

아버지여, 길이 어둡습니다
구름이 내 머리 위에 짙게 모여들고
천둥이 내 위에서 크게 으르렁거립니다
보십시오, 내가 당황하여 서 있습니다
아버지여, 내 손을 잡아주사
당신의 어린아이를 어둠으로부터
집으로 안전히 인도하소서

아버지여, 낮이 빨리 가고
밤이 어둠을 몰고 옵니다
내 믿음 없는 눈이 악령의 환영을 봅니다
두려움, 악령의 무리가 나를 둘러쌉니다
오, 아버지여! 내 손을 잡아주사
당신의 어린아이를 밤으로부터 이끄시어
빛으로 인도하소서

아버지여, 길은 멀고 내 영혼이
안식과 목적지의 평온함을 갈망합니다
내 아직 피곤한 땅을 여행하고 있지만
나를 방황하지 말게 하소서
아버지여, 내 손을 잡아주사
당신의 어린아이를
하늘 문으로 인도하소서

아버지여, 길이 험합니다
많은 가시가 나를 찌르고
내 지친 다리가 찢기고 피를 흘리며
길을 표시합니다
그러나 당신의 명령이 나를 전진하도록 합니다
아버지여, 내 손을 잡으사
당신의 아이를 쉬게 하시고
안식으로 인도하소서

아버지여, 많은 사람이 모여듭니다
의심과 두려움과 위험이 나를 둘러싸고
원수가 나를 괴롭힙니다
나는 서 있을 수도 없습니다
오, 아버지여! 내 손을 잡으사
많은 사람으로부터 당신의 자녀를
안전하게 이끌어주소서

아버지여, 십자가가 무겁습니다
내가 오랫동안 그것을 감당해왔고
아직도 감당하고 있습니다
내 시들고 희미해진 영혼을 높이사
면류관이 주어지는 복된 나라로 이끄소서

헨리 N. 코브

주님이 먼저 가셔야 한다면

주님이 먼저 가셔야 한다면
내가 남아 홀로 그 길을 걷겠습니다
사랑하는 이여!
우리가 알았던 행복한 날들과 함께
추억의 낙원에서 살겠습니다
봄의 라일락이 시들고 나면
빨간 장미를 기다리겠습니다
이른 가을에는 갈색 잎들의 노래 속에서
주님의 희미한 모습을 그리겠습니다

주님이 먼저 가셔야 한다면
내가 남아 계속 싸우겠습니다
쉼 없이 걸으며 주님이 도달한 모든 것은
성결하게 변할 것입니다
비록 눈이 멀어 더듬을지라도
주님의 목소리를 듣고 그대의 미소를 보리니
주님의 구원의 손길의 추억은
나를 희망으로 들뜨게 할 것입니다

주님이 먼저 가셔야 한다면
내가 남아 그 두루마리에 적힌 일들을 마치겠습니다

어떤 긴 그림자일지라도
이 생명을 수치스럽게 하지 못할 것입니다
우리는 행복을 그렇게나 많이 알았습니다
우리에겐 기쁨의 잔이 있습니다
그리고 추억은 죽음이 파괴할 수 없는
하나님의 선물입니다

주님이 먼저 가셔야 한다면 내가 남으렵니다
한 가지 그대가 주실 것이 있으니
죽음의 길을 천천히 걸으시사
곧 내가 주님을 따르게 하시기를 원합니다
같은 길을 걷도록
주님의 발자국을 남겨주시기를 원합니다

그 외로운 길을 얼마간 걸어가면
내가 부르는
주님의 이름을 들으실 것입니다

알버트 로우스웰

보금자리 주심을 감사드립니다

이 넓은 들판 위에
내 복된 가정 주심을 감사드립니다
이런 나의 감사함은
드려도 드려도 끝이 없습니다

내게 필요한 모든 것을
이곳에서 모두 얻었으니
어머니와 아버지를 얻었고
내 가족이 살아가고 있습니다

날 사랑하고 내가 사랑하는
가족과 살아가는 동안에
내가 누린 즐거움을
나는 정말 헤아릴 수 없습니다

가정이라 부르는 이것을 주신
아버지께 감사드리며
날 언제나 보호하심과
그의 보호 아래 살게 하심을 감사드립니다

에르 그레이

어머니의 기도

하늘에 계시는 아버지
나를 지혜롭게 하시고
날 따르는 어린아이들의 눈동자에
의심의 빛을 보이지 않게 하시고
항상 부드럽고 친절하게 날 지키소서

어린것들이 조를 때 인내하게 하시고
모든 어려움의 해결책을 알게 하소서
내가 갖는 모든 신념을 신중한 것으로 하시고
나의 얼굴을 언제나 미소 짓게 하소서

어머니로서의 삶은 너무나 길고
해야 할 일이 너무나 많습니다
그 어려운 삶의 여정이 끝날 때까지
찬양의 목소리를 잃지 않게 하소서

마거릿 E 생스터

십자가에 못 박힌 사람들

주님
우리의 악의, 무지, 속 좁음, 교만
탐욕, 무관심으로 인해
십자가가 얼마나 무겁습니까?
피 흘리며 지치신 데다
십자가를 지고 가시는 당신을 보고
우리는 괴롭습니다
그러면서도 우리는 우리가 다른 이들에게 지워놓은
십자가에는 하등의 관심도 기울이지 않습니다
우리 악의의 정도는 엄청나면서도
우리 스스로를 선량한 사람이라고 생각합니다

오, 주님
우리를 용서하십시오
우리 아이나 노인들을 버림으로써
우리의 배우자를 학대함으로써
다른 사람들의 결점을 비방함으로써
비참한 사람들의 운명을 조롱함으로써
눈물 흘리고 있는 가난한 사람들을 비웃음으로써
주님께 십자가를 지운 우리를 용서하십시오

다른 사람들은 굶주림의 고통을 겪거나
고된 노동으로 기진맥진해 있는데
좋은 음식을 배불리 먹음으로써
주님께 십자가를 지운 우리를 용서하십시오

주님
우리가 변하도록 도와주십시오
이 세계의 가난한 사람들이 지고 가는 십자가를
새로운 창조를 위한 도구로 활용하는 길을
우리에게 가르쳐주십시오
우리 세계에 엄존하는
분명하고도 커다란 고통 가운데서
우리가 평온하고 자기만족 상태에 있도록
내버려 두지 마십시오
오늘날 우리 죄로 말미암아
무거운 십자가를 견디고 있는 사람들에게
감동받는 은총을 우리에게 베풀어주십시오
우리가 늘 죽음의 도구가 아닌 생명의 도구가 되게끔
우리를 회개시켜주십시오

프라도의 콘수엘로

안락의자에서 일어서게 하소서

주님
내가 마지막으로 까치발을 했던 때가 언제입니까?
까치발을 하여 저 지평선 너머를 보고
까치발을 하여 내일을 보고
까치발을 하여 내 목숨의 예리한 끝을 보려 했던 때가 언제입니까

자족한 나머지 안락의자에 앉아
인생을 바라볼 때가 너무도 많습니다
삶이 그냥 흘러가도록 내버려두는 데 만족합니다
그 삶이 내게 무엇을 가져다주든 상관하지 않습니다
내가 무엇을 다루어야 하는지 개의치 않습니다

주님
소스라치게 놀라
안락의자에서 일어서게 하소서
싱팅이시어!
다시금 까치발을 하게 하소서
나를 주님의 계시의 최전선에 위치시켜주소서

주님의 계시자로서
나의 믿음이 견고해지게 도와주소서
주님의 증인으로서
예수그리스도에 관해 남들에게 말하게 하소서
주님의 제자로서
주님의 사랑을 함께 나누도록 도와주소서
주님의 종으로서
주님의 고통을 받아들일 수 있도록 도와주소서
주님의 자녀로서 영원을 함께 나누게 하소서
하나님, 까치발의 경험으로 인해
당신께 감사드립니다

웨슬리 테일러

이제 슬퍼 말고 기도합시다

오 그대여!
슬퍼 마세요
이제 슬퍼 말고 기도합시다
낮보다 밤이 많지 않습니다

사랑하는 이여!
지금은 비가 내리고
시간의 바퀴는 무겁게 돌고 있지만
생각해보면
먹구름 어두운 날이 맑은 날보다
많은 것은 아니랍니다

친구여!
어느새 우리도 늙어
머리카락은 희어졌지만
생각해보면
마음은 언제나 청춘임을 발견할 것입니다

사랑하는 이여!
우리에게도 젊은 날의 희망과
아름다운 장밋빛 꿈이 있었습니다

그대여!
이제 길고 어두운 밤
눈 내리는 세월이 오고 있습니다

그러나 친구여!
하나님께서는
낮과 같이 밤을 주시기도 하는 것을
어디든 그분이 이끄시는 길이면
우리가 순종해야 함을 알고 있겠지요

아 그대여!
그렇게 침침한 죽음의 밤
밤의 하나님!
생명으로부터 훌륭한 반려자를 인도하는 문은
그분께로 인도하는 문임을 잊지 맙시다

램프란트 피얼

생명의 선물

언젠가는 나의 주치의가
나의 뇌 기능이 정지했다고
판정을 내릴 때가 올 것입니다
내가 아직 살아 있을 때
나의 목적과 의욕이 정지했다고
선언할 때가 올 것입니다
그때 나의 침상을 죽은 자의 것으로 만들지 말고
산 자의 것으로 만들어주십시오

나의 몸을
살아 있는 형제들을 돕기 위한
생명으로 만들어주십시오

나의 눈은
해질 때의 저녁 노을을
천진난만한 아이들의 얼굴과
여인의 눈동자 안에 감추어진 사랑을
한 번도 본 일이 없는 사람에게 주십시오

나의 심장은
고통으로 신음하는 사람에게 주십시오

나의 피는
사고로 죽음을 기다리는 청년에게 주어
그가 먼 훗날에 손자들의 재롱을
볼 수 있게 해주십시오

나의 신장은
하루하루 혈액 투석기에 매달려
삶을 지탱하는 형제에게 주십시오

나의 뼈와 근육의 섬유와 신경은
다리를 저는 아이에게 주어
씩씩하게 걷게 해주십시오

나의 뇌 세포를 도려내어
말 못 하는 소년이 함성을 지르게 하고
듣지 못하는 소녀가 창문에 부딪히는
빗방울 소리를 듣게 해주십시오

그 외, 나머지는 다 태워서 재로 만들어
들꽃들이 무성하게 자라도록
바람결에 뿌려주십시오

만약 무엇인가를 매장해야 한다면
나의 실수를, 나의 약점을 형제들에 대한 나의 편견을
매장해주십시오

나의 죄악은 악마에게
나의 영혼은 하나님께 돌려보내 주십시오

우연한 기회에 나를 기억하고 싶다면
당신들이 필요할 때 했던
나의 친절한 행동과 말만을 기억해주십시오

내가 부탁했던 이 모든 것을 지켜준다면
나는 영원히 살게 될 것입니다

로버트 테스트

모든 것에 감사합니다

하나님
이처럼 놀라운 날을 주시니
감사합니다
나무의 푸른 혼은 뛰어오르고
하늘의 푸름은 꿈을 꿉니다
자연적인 모든 것
무한한 모든 것
긍정하는 모든 것을 주시니
감사합니다

– 죽었던 저는 오늘 다시 살아났습니다
   오늘은 태양의 생일
   생명과 사랑과 날개의 생일
   명랑하고 위대하며 무한히 발생하는
   땅의 생일입니다

미각과 촉각과 청각과
그리고 시각을 지닌
결국엔 무에서 생겨진
숨쉬는 어느 인간이
감히 오묘한 당신을 의심할 수 있겠습니까?

– 이제 나의 귀는 트이고 이제 나의 눈은 열립니다

커밍스

행로의 모퉁이에서

주여!
아 아침에 기도하오니
이 하루도 우리를 지켜주소서
무엇보다
행로의 모퉁이에서 지켜주소서

길이 탄탄할 때는
돌연한 운명도 두렵지 않으나
저 앞에
저녁의 문이 보입니다

다가올 일이나
다가왔던 일
모두가 보이는 날은
드물고도 아득하기만 합니다

돌연한 일들이
돌연히 날개 쳐 움켜잡고
그 괴로움으로
우리를 내던집니다

그러기에 기도하오니
귀하신 주여!
행로의 모퉁이에서
주님의 자녀들을
오늘 하루가 다 하도록
다스리고 지켜주소서

무명

경건의 은혜를 주소서

오, 나의 하나님, 나의 주여!
주님은 나의 전부며
또한 모든 선입니다

주님께 말씀을 해야 할 나는
대체 누굽니까?
나는 당신의 종 중에도
가장 비천한 자며
천하기는 벌레 같으며
스스로 생각하고 표현하는 것보다
더 비천하고 값없는
존재입니다

그렇습니다, 주님!
나는 아무것도 아닙니다
이무것도 갖지 못했으며
또 아무것도
할 수 없는 자입니다

주님!
주님만이 선하시고
또 의롭고 거룩하십니다
주님만이 모든 일을 하실 수 있으며
모든 만물을 채우실 수 있습니다
악한 자에게는 공허함을 주시지만
모든 것을 베푸시는 분입니다

오, 주님!
주의 자비를 생각하셔서
주님의 은총으로 나를 채워주소서
주님이 원하시는 일은
어느 하나라도 가치 없는 것이 없습니다
주의 자비와 은총으로
나를 강하게 하시지 않으면
내가 어찌
이 슬픔 많은 세상에서
괴로움을 참고 견딜 수 있겠습니까?

주여!
주의 얼굴을 내게서
돌리지 마소서
내게 오심을 지체하지 마소서
내가 물 없는 사막처럼 되지 않도록
주의 위로를
내게서 거두어 가지 마소서

오, 주님!
주의 뜻대로만 행하며
주의 앞에서
보람 있게 또 겸손하게 살도록 하소서

주님이 나의 지혜 되시며
주님이 참으로 나를 알아주시며
이 세상이 만들어지시기 전
나의 형체를 이루기 전부터
이미 나를 아셨기 때문입니다

토마스 켐피스

그리스도께서 채워주십니다

주여, 나는 약하여 잠시 동안이라도
주님이 없으면 서 있을 수 없습니다
그러나 주님의 포옹은 부드럽고
주님의 떠받침은 확실하며
주님의 오른손은 힘을 가지고 계십니다
그 힘은 나를 채워주십니다

주여, 나는 약하고 하찮은 존재지만
주님께는 넘치는 힘이 있는 것을 압니다
주님의 다함이 없는 보물은
내 깊은 속의 크나큰 요구를
계속해 충족시키고도 남음이 있습니다
주님의 은혜는 나를 채워주십니다

일찍이 내 혼에는 대해와 같이
끝없이 넓은 파도치는 심연이 있었습니다
그 파도가 고요히 잠들게 되기를
내 혼은 기다렸습니다
그러나 지금은 주님의 큰 사랑이
그 심연을 채워주십니다
주 예수그리스도, 나의 주 나의 하나님
주님께서 나를 채워주십니다

맥도널드

안식

한때 나의 두 손은 항상 바빴습니다
최선을 다하기 위해
힘들여 일했습니다
이제 내 가슴은 포근한 믿음 속에 있으며
내 영혼은 안식 속에 있습니다

한때 나의 머리는 계획으로 가득했습니다
그리고 내 가슴은 걱정으로 미어졌습니다
이제는 나를 이끄시도록 주님께 의지합니다
내 생명이 주님의 안식 속에 있습니다

한때 나의 삶은 수고로 가득했습니다
이제는 기쁨으로 가득합니다
그 분의 멍에를 메었기에
주님께서 나에게 안식을 주셨습니다

심프슨

삶이 네게 무엇을 가져와도

삶이 그대에게 무엇을 가져올지라도
하나님께서는 그 모든 것을
진리가 되게 하십니다

그대 하늘의 별
그대 곡간의 양식
그대 곁의 친구
그대 행로의 빛
그대 마음의 기쁨
그대 귀의 음악
그대 입의 노래

그렇습니다!
그대의 달음박질 쏜살같고
그대에게 해는 이글거리며 빛나고
그대에게 눈보라가 거칠게 휘날리며
그대 가는 길이 외로이 추방을 당할지라도
삶이 비록 그대에게 잘못을 가져온다 해도
하나님은
정녕 그 모든 것을 그대에게
참되게 이루어주십니다

찰스 허버트

사해주소서

오래전에 지었지만
그것은 내 죄입니다
주여, 사해주소서, 나의 원죄를
날마다 살며 지은 죄로 괴롭습니다
주여, 더러운 죄를 사해주소서
주께서 그토록 용서하셨지만
우리 죄 날마다 늘어나 주께서 진노하셨습니다

이웃을 실족한 죄를 사해주소서
내 죄는 그들을 실족하게 한 문이었습니다
한두 해 피해 살았을 뿐
몇십 년 죄악 속에 뒹굴었으니
주여, 사해주소서
주께서 그토록 용서하셨으나
우리 죄 날마다 늘어나 주께서 진노하셨습니다

내 마지막 생명의 실을 풀어놓으면
생의 물가에서 죽어갈 것이니
죄가 많기에 그 죽음이 두렵습니다

주께서 약속하신 대로
내 죽음 위에 독생자 빛이 되시어
네 죽음 위에 독생자 빛이 되시어
영원히 비추시리니
나 이제 두렵지 않습니다

존 던

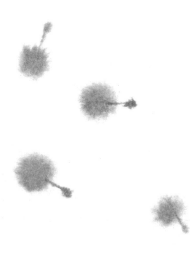

세월이 가면

오랜 세월이 지나고
계절이 바뀌면
우리 무덤 없는 저편 평화로운 곳에서
쉬게 될 것입니다
오, 나의 주여
내 영혼, 그 거룩한 날을 예비하게 하소서
주의 고귀한 피로 나를 씻으사
내 죄를 가려주소서

해가 지고 또 지고
언덕에 어두움이 깃들 때
빛이 없는 곳에
우리 있게 되리니
오, 나의 주여
내 영혼, 축복의 날을 예비하게 하소서
주의 고귀한 피로 나를 씻으사
내 죄를 가려주소서

거친 해안에
숱한 폭풍 부딪친 뒤
사나운 바람 그치고
물결이 잔잔합니다

오, 나의 주여
내 영혼, 평온한 날을 예비하게 하소서
주의 고귀한 피로 나를 씻으사
내 죄를 가려주소서

주가 다시 오실 날
가까이 왔으니
그가 죽으심으로 우리 살고
그가 삶으로 우리 그와 함께하니
오, 나의 주여
내 영혼, 기쁨의 날을 예비하게 하소서
주의 고귀한 피로 나를 씻으사
내 죄를 가려주소서

호라티우스 보나르

목회 기도

주님, 내 영혼의 상처를 보소서
주님의 살아 있는 밝은 눈은 모든 것을 봅니다
그것은 검처럼 찔러 혼과 영을 가르기조차 합니다
나의 주님
분명하게 주님은 내 영혼 속에서
이전에 지었던 죄의 자취를 봅니다

주님은 또한 나의 현재의 위험과
다른 사람들을 향한 동기와 이유를 봅니다
주님, 주님은 이런 것들을 보시고
나는 그러한 주님을 봅니다

오, 내 마음의 탐색자시여, 주님은 잘 압니다
내 영혼 속에 주님께 숨길 수 있는 것은 아무것도 없다는 것을
내가 주님의 눈을 피할 힘조차 없다는 것을

주님
당신의 선하고 신선한 영을
내 마음에 내려주셔서
그곳에 주님의 거처를 꾸미소서
영과 육의 모든 더러움으로부터
내 마음을 깨끗하게 하시고
내 마음에 믿음, 소망, 사랑을 부어주시고
내 마음에 참회와 사랑과 온유를 심어주소서

리엘드

구원의 노래

그 좁은 길을 지날 때
주님은 우리를 인도하십니다
고통과 즐거움과 슬픔 속에서
우리의 전진을 주관하십니다

오 주님, 주님의 사랑 속에
우리 지금 외칩니다
주님을 섬김에 고통은 즐거움입니다
주님의 은총 속에 패배는 승리가 됩니다

우리의 손을 잡고 이끄시며
모든 위험을 가까이 보이십니다
저 하늘 집에 가기까지
푸른 초원에서 우리를 먹이십니다

그리고 빛나는 하늘 문 안에서
우리 영원히 삽니다
그곳에서 죽어야 할 우리의 운명을
주님의 피 흘리신 자리 가까이 두십니다

그때는 오, 나의 영혼이 영원히 쉽니다
주님 예비하신 처소에 우리는 갑니다
주님의 가슴속에 파묻혀
주님의 귀중한 얼굴을 바라봅니다

콘래드

이제 이해할 수 있습니다

주여!
때때로 나는 이해할 수 없습니다
내게는 먹을 것이 많습니다
그러나 다른 사람들은 굶주리고 있습니다
나는 이해할 수 없습니다

주여!
주님은 내게 건강을 주셨습니다
그러나 주님의 자녀들은 고통을 당하고 있습니다
나는 이해할 수 없습니다

주님은 내게 사랑하는 가족을 주셨습니다
그러나 다른 사람들은 가족이 전혀 없습니다
나는 이해할 수 없습니다

주님은 내게 따뜻한 보금자리를 주셨습니다
그러나 다른 사람들은 추위에 떨고 있습니다
나는 이해할 수 없습니다

주여!
나는 주님이 나의 구주임을 알고 있습니다
아, 그러나 수많은 우리가
주님의 이름을 들어본 적이 없습니다
나는 이해할 수 없습니다

주여!
주님은 내게 풍성한 축복을 주셨습니다
그리고 나는 주님의 말씀을 기억합니다
"많은 것을 받은 사람에게 많은 것이 요구될 것이다"

오 주여!
주님이 내게 주신 축복을
주님을 위해 쓸 수 있도록 도와주소서
주님이 원하는 일을 할 수 있도록
나를 도와주소서
아! 이제 나는 이해할 수 있습니다

루스 앤더슨

구원의 길 자유의 길

어디선가 다가오는 주님의 손길이
저 들판에 충만함을 감사드립니다
저 들녘에 올리브 나무 울창함과
주님이 돌아가신 골고다 언덕을 감사합니다

생명의 물이 언제나 흐르는
그 맑은 샘에 감사드립니다
그 샘은 메마른 땅에 뿌려진 씨앗을
아름답게 싹트게 하는 은혜로운 샘입니다

주님이 주신 달과 태양
그 은혜의 빛에 감사드립니다
주님이 보내는 사랑과 진리의 빛
가장 성스럽고 거룩한 것입니다

주님은 나에게 길을 주셔서
그 길로 주님을 따라가게 합니다
그 길은 구원의 길 자유의 길
의로운 믿음의 길입니다

앨버트 머리

하나님의 나라

오, 보이지 않는 세계여!
그러나 우리는 그 세계를 봅니다
오, 만질 수 없는 세계여!
그러나 우리는 그 세계를 만집니다
깨달을 수 없어도 우리는 그 세계를 붙잡습니다

물고기는 큰 바다를 찾기 위해
하늘로 날아오릅니까?
독수리는 하늘을 찾기 위해
땅으로 내려옵니까?
저 하늘의 주님의 소식을 들었느냐고
운행하는 별들에게 물어보아야 합니까?

회전하는 전체가 희미해 보이는 것도
우리의 마비된 지각이 비상하는 것도 아닙니다
우리가 귀 기울이기만 한다면
떠다니는 날개가 바로 우리의 문을 두드릴 것입니다

천사들은 옛날 그대로 제자리에 있습니다
다만 돌을 굴리고 날개를 쳐야 합니다
그렇습니다, 찬란한 광채를 잃어버린 것은
바로 그대들이 외면한 시선 때문입니다

프란시스 톰슨

평화를 주소서

평화를 주소서
우리가 사는 세상에 평화를 주소서
우리는 멸망이 무섭기에
전쟁이 없기를 기도합니다
하지만 이렇게 기도해도
평화는 오지 않으니
우리의 본성이 너무도 나쁜가 봅니다
우리 자신과 갖고 있는 것에 대해
걱정하며 살도록
아마 그렇게 운명 지어진 모양입니다
우리는 언제나 싸우려 합니다
그 이유는 언제나 아주 사소한 것들입니다
아마 전쟁은 결코 없어지지 않을 것입니다
오직 유일한 평화는 마음의 평화입니다
변하지 않고 지킬 수 있는 것은
확실히 믿을 수 있는
주님의 사랑입니다
주님은 온전히 믿을 수 있는 유일한 분입니다

엘렌 스미스 모어록

추수 감사 기도

황금빛으로 활활 타오르는
저 가을의 은혜로운 들녘을 따라
즐거운 마음으로 홍조 띤 얼굴을 하고서
은혜의 주님을 찬양합니다
저 넉넉한 축복을 주님이 쌓아주시고
저 끝없는 사랑을 세상에 주셨습니다

감사할 줄 아는 자들의 마음이
하나님의 축복을 받았으니
그의 곳간 열매로 가득 차고
생명 없던 우리의 황무지
주님의 햇빛과 단비로
알알이 열매가 되었습니다

때로는 성난 구름 무리가
근심의 계절로 흔들기도 했지만
그림자 걷힌 후 주님의 영광이 비추입니다
그 고난도 이제는 하나님의 은총입니다
미소 짓는 어린아이처럼 고요히
지난날의 발자국 소리를 들으며
주님의 넘치는 사랑에
감사 기도를 드립니다

홀

뜨거운 기도

나는 하나님께서 기도에
응답하신다는 것을 압니다
그 방법이 얼마나
진기한 것인지는 알 수 없습니다
뜨거운 기도를 들으십니다

우리에게 말씀하실 때
나는 잘 모르지만
조금 늦거나 빠르거나
응답하신다는 것을 압니다
그러므로 우리는 기도하고
기다릴 필요가 있습니다

간구한 축복이
내가 생각하던 바로 그 모습으로
이루어질지는 모르지만
나보다 더 지혜로운 주님께만
오직 기도를 드립니다

히코크

우리의 도움이 되시는 하나님

오, 지나간 시절에 우리의 도움이셨던 하나님
다가올 세월에는 우리의 소망입니다
비바람 치는 폭풍의 때에는
우리의 피난처가 되시며
영원한 우리의 본향이십니다

주님의 보좌 그늘 아래서
우리가 여전히 안전하게 거합니다
주님의 팔만으로도
우리의 방패는 확실합니다

작은 산들이 질서 있게 서고
땅의 틀이 잡히기도 전에
영원부터 당신은 하나님이시며
영원까지 동일하십니다

오, 지나간 시절에 우리의 도움이셨던 하나님
다가올 세월에는 우리의 소망입니다
우리의 삶이 다하기까지
우리가 영원한 본향에 이르도록
우리의 인도자가 되소서

아이작 워츠

우리의 연약함 가운데서

우리의 연약함 가운데서
하나님은 전능하십니다
우리의 외로움 가운데서
하나님은 전능하십니다

무엇을 해야 할지 모르는
우리의 무능함 가운데서
하나님은 우리의 지혜가 되십니다

우리의 슬픔 가운데서
하나님은 우리의 기쁨이 되십니다
우리의 덧없는 목숨 가운데서
하나님은 우리의 생명이 되십니다

하나님
우리는 이 모든 것을 알고 있습니다

데이비드 나 니덤

삶은 선물

하나님은 우리를 지으시고
우리 어머니들의 자궁으로부터
우리를 불러내시고
우리를 한 백성으로 이루어주셨습니다
우리는 더는 외로운 개인이 아닙니다
우리는 남들과 함께 살고 신뢰하고 나누는
전체 인류의 일부분입니다
우리는 삶이 그리도 복잡한 것을 발견합니다
삶은 눈물입니다
삶은 미소입니다
삶은 기쁨입니다
삶은 슬픔입니다
삶은 하나님께로부터 오는 선물입니다
우리가 지금 여기에서 경축하는 관계들은
하나님께로부터 오는 선물입니다
우리가 받는 치유와 화해는
하나님께로부터 온 선물입니다
우리는 때로는 웃고 때로는 웁니다
때로는 노래하고 때로는 침묵에 잠깁니다
우리는 어떤 모양으로 살아가든지
하나님께 감사를 드립니다

카린 와이즈먼

꿈꾸는 자들

오, 주님!
우리는 꿈꾸는 자들과 같습니다
그러나 우리는 그 어떤 주문에도
사로잡혀 있지 않습니다
우리는 터무니없는 환상을 추구하지 않습니다
그러나 우리 마음 한가운데는
뜨거운 갈망이 자리 잡고 있습니다

어제 우리는 비탄에 잠겼습니다
오늘 우리는 웃습니다
어제 우리는 신음했습니다
오늘 우리는 기쁨의 함성을 지릅니다
어제 우리는 큰 슬픔 중에 눈물을 흘렸습니다
오늘 우리는 감사의 눈물을 흘립니다
어제 우리는 주님을 의심했습니다
오늘은 당신께서 우리를 본향으로 인도하십니다
어제 우리의 발걸음은 술취한 자의 비틀거림이었습니다
오늘 우리는 바른길을 성큼성큼 걷습니다
어제 우리는 종말을 맞이했습니다
오늘 우리는 다시금 새 출발을 합니다

오, 주님!
우리는 꿈꾸는 자들과 같습니다
우리 마음의 갈망은 벌써 이루어졌습니다
주님께서 우리의 절망을 방문해주셨으며
그 방문의 기쁨을 우리가 껴안았기 때문입니다
우리가 애써 찾았던 것은 바로 당신이며
당신께서 발견하신 것은 바로 우리입니다

필리스 코울

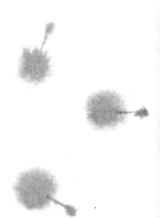

빛을 위한 기도

주님, 날이 어둡습니다
걸어가기에는 길이 너무 거칩니다
이 밤의 어둠 속에서
제 손에 들린 것이라고는
불을 켜지 않은 양초 하나뿐입니다

주님, 나의 추켜올린 손 안의
그 초를 보아주소서
그 초에 주님의 손을 대시어
주님의 거룩한 빛으로 타오르게 하소서
이 가느다란 밀랍 양초는 나의 믿음입니다

주님, 주님의 하얀 불꽃으로
양초에 불을 지피소서
그 불의 원이 내 발아래 점점 넓어져
어둠을 사로시르는 하나의 길이 드러날 때까지
나의 양초에 불을 지피소서
나의 양초를 활활 태워주소서

그러면 나는 이 미지의 땅을
계속 통과해나갈 것입니다
이제 그 길은 결코 너무 어둡거나
너무 아득하게 되지 못할 것입니다
왜냐하면 나의 손안에는
주님의 빛이 들려 있을 것이기 때문입니다

그레이스 놀 크로웰

주님을 사랑해야 할 수많은 까닭

감사합니다, 하나님!
실망 큰 날에
그 실망을 지워
나의 길에 행복한 빛을
던져주셨으니

감사합니다, 하나님!
내 마음속 먹구름
흩어 날리시고
다만 가슴 깊은 기쁨과
빛만 남게 하심을 인하여

오, 하나님!
당신께 드릴 감사는 무궁한데
그 모두가 당연한 일이라 여기고
생각하거나 행하는 것
용서하소서

움직이는 것
리듬 따라 뛰노는 맥박
숨쉬는 삶의 순간순간이
당신께서 주신 일들임을
마냥 모르는 체했습니다

하나님, 용서하소서!
나의 옹졸을
조금이라도 감사치 못한
나의 얕은 마음을
용서하소서
그래서 주님께서 주시는 그 수많은 일에
감사하며 살게 하소서

헬렌 스타이너 라이스

어두운 시간에도

낮과 밤의 빛이 되시고
모든 별을 주관하시는 주님!

이 어두운 시간
나도 주님 뜻에 복종하고자 합니다
내 마음속 자기주장의 충동에서
나를 떠나게 하시고
필연적 책임을 비겁으로
회피하지 않게 하시며
그 고통을 피하려 하지 말게 하소서

나의 운명에 불평불만을 품지 말게 하시고
나보다 잘사는 이웃에 대한 질투심을 버리게 하시며
주님이 내게 큰돈을 주시지 않았어도
내가 받은 작은 돈을
귀하게 여기는 생각을 깃게 하소시
허영과 자부심을 버리게 하시고·
신중성 없는 생각을 버리게 하시며
봉사와 배우기를 원치 않는
태도를 버리게 하소서

나의 아버지 하나님
내가 주님 멀리 떠날 때도
주님은 나를 가까이 해주시고
주님이 나를 버리지 않으셨나 생각할 때도
주님은 가장 가까이 계셨던 것을
기억하게 하소서

기도하오니, 주님의 긍휼로써
내 고집을 꺾어주시고
주님의 영원한 목적이 내 안에서
이루어지게 하소서
나로 주님의 실체와 능력을
더욱 확실히 깨닫게 하시고
나의 땅 위 삶의 의미를 확실히 알게 하소서

내가 깨달은 영원한 생명을
더욱 견고히 붙들게 하시고
보이지 않는 것들을 보다 선명히 보게 하소서
내 소원이 내 멋대로 되지 않게 하시고
내 상상을 더욱 순결하게 하소서

나의 동지에 대한 사랑과 친절이
더욱 깊어지게 하시고
그들의 무거운 짐을 내 자신이 지려는
생각을 더하게 하소서

하나님이시여!
이 밤 나는 내 영혼과
내가 사랑하고 또 나를 사랑하는 사람들의 영혼을
주님의 보호에 맡깁니다

존 베일리

폭풍이 몰아쳐도

거친 바람 불고
폭풍이 내게 몰아쳐도

나의 믿는 마음은
노래를 부릅니다

그들이 나를
해치지 못할 것
내가 압니다

주님께서
그 날개를 타고 오십니다

마크 거이 피어스

사랑의 열매를 맺게 하소서

오, 하나님!
저의 생활 가운데서
사랑의 열매를 맺도록 하소서
이웃을 사랑하고
이기주의와 자기중심이 아니라
이웃을 위해 하는 일에서
행복을 발견하는 사람이 되도록 도와주소서

하나님이시여!
이제 절제의 열매도
저의 생활 가운데 맺게 하소서
아무쪼록 제가 자신을 절제하고
또한 극기할 수 있게 용기를 주소서
항상 저의 기분과 말을 조정할 수 있게 하시고
저의 감정과 충동을 제어할 수 있게 도와주소서

일시적인 감정으로 누군가에게 상처를 주어
평생 후회할 행동에 빠지지 않게 하시고
저의 생각을 통제함으로
부정한 생각, 용서 못 하는 마음
질투하는 마음, 추하고 불결한 생각이
마음속에 들어오지 않도록 도와주소서

저는 자신을 정복하지 못하는 한
결코 생활에서 가치 있는 것을
만들어내지 못함을 알고 있습니다

저로 하여금 자신에게
승리하는 자가 되게 하소서

윌리엄 바클레이

사랑하는 이를 주소서

주님!
저는 사랑을 원합니다
사랑이 필요합니다
내 모든 것의 소망입니다
내 가슴, 내 몸이
밤을 지새우며
알지 못하고 찾지 못한 이를 향한
사랑으로 불타고 있습니다

나의 두 팔은 외로이 방황하며
그래서 내가 사랑해야 할
상대를 잡을 수가 없습니다

나는 외롭고 쓸쓸하여
사랑할 사람을 원하고 있습니다
말해도 귀 기울어주는 이 없으며
혼자 살아왔으나 앞으로
내 생애에 동반해줄 이 없습니다

나는 부요합니다
그러나 내가 부요하게 해줄 상대가 없습니다

어린 사랑은 어디서 와야 합니까?
누구를 향한 사랑이 되어야 합니까?

주님!
저는 사랑을 원합니다
사랑을 필요로 합니다

주님이여!
이 저녁 나의 사랑은
쓸모없이 버려져 있습니다

미셸 쿠오이스트

우리 손 닿는 곳에 하나님이 계시네

아버지를 찾아서
거기 그가 안 계셨다 하는 이 없고
아무리 무거워도
기도로 가벼워지지 않는 짐 없습니다

너무 뒤얽힌 문제 없고
우리가 겪는 슬픔 또한
아무리 깊고 황량해도
하나님의 은혜로 녹지 않는 것 없습니다

기도로 말씀드리고
우리 아버지와 서로 나누면 견디지 못할
시련과 고난은 없습니다

믿음의 근원은 달라도
가장 절실할 때
아버지께 구하기만 하면 됩니다

하나님은 신용장을 달라지 않으시고
흠이 있어도 우리를 받아주시며
인자와 이해심이 한없으므로
우리를 환영하십니다

우리는 그의 허물 많은 자녀요
그는 우리를 모두 사랑하시기에
우리 행한 일 용서하시고
구하는 것 모두를 지혜로 허락하시니
만족하여 주님이 이끄시는 곳으로 따라갈 준비를 갖추었나
그것만 물으십니다

헬렌 스타이너 라이스

나는 믿습니다

나는 믿습니다
상상력은 지식보다 강하다는 것을 믿습니다
신화는 역사보다 힘이 세다는 것을 믿습니다
꿈은 사실보다 강력하다는 것을 믿습니다
희망은 항상 경험을 이겨낸다는 것을 믿습니다
웃음만이 크나큰 슬픔의 유일한 치료법이라는 것을 믿습니다
그리고 나는 믿습니다
사랑은 죽음보다 강하다는 것을

로버트 풀컴

지금 우리가 행복하다는 것은

하나님과 함께
지금 우리 모두가
행복하다는 것은
사랑하는 것입니다
그분처럼
돕는 것입니다
그분처럼
주는 것입니다
그분처럼
구원하는 것입니다
그분처럼
함께 있는 것입니다
스물네 시간
그분께 도달하는 것입니다
끝까지 낮추신 고통의 인간
예수의 모습을 되새기면서

마더 테레사 수녀

주님을 완전히 사랑할 수 있도록

오, 내 하나님을 찬양하는 마음을 주소서
죄악의 마음에서 나를 놓이게 해주소서
항상 주님의 피에 감사하는 마음을
값없이 내게도 나누어주소서

신뢰하고 순종하고픈 마음을 내게 주셔서
내 사랑하는 구속자의 보좌로 나아가게 하소서
오직 그리스도만이 말씀하신 곳
오직 그리스도만이 다스리는 곳으로

겸손하고 낮추고 회개하는 마음
믿음 있고 참되고 깨끗한 마음을 주셔서
삶과 죽음이 그 사이를 낼 수 없는
영원히 같이 사는 그곳으로 가게 하소서

모든 생각이 새로워지는 마음
거룩한 사랑이 가득하고
완전하고 의롭고 순전하고 선한
주님을 닮은 마음을 주소서

주님의 부드러운 마음은 언제나 동일하시니
인간의 비애를 녹여 없애주소서

주님을 위해 내가 고난에 처해 있습니다
내가 주님의 사랑을 알기 원합니다

주님이 아시듯 내 마음은 안식을 얻지 못합니다
주님이 내 마음에 평안을 내려주실 때까지는
내가 에덴동산을 다시 찾고
모든 죄악에서 멀어질 때까지는
주님의 은혜로운 입술의 열매를 맺어서
내가 모르는 주님의 평안을 내게 내려주소서
숨겨놓은 만나와 생명나무와
흰 돌을 내게 주소서

내가 사랑하는 주님
나도 주님의 성품에 참여하는 자가 되게 하소서
어서 하늘 위에서 내려오셔서
내 마음에 주님의 새로운 이름을 써주소서
주님의 새로운 사랑으로 쓰신
가장 좋은 이름을

웨슬리

아침이 오면

낮이 다 지나고
밤이 가까워
저녁 그림자
어느 사이에 하늘을 가립니다

어둠이 쌓이면
이제 별들은 빛나고
새, 짐승, 꽃들도
곧 잠이 듭니다

주여!
곤한 자에게
평온과 휴식을 주시고
부드러운 축복의 손으로
눈을 감게 하소서

아이들에게
주의 빛난 환상을 보여주시고
그 빛 푸른 바다에도 주시사
뱃사람들을 지켜주소서

괴로운 사람들에게 평안을 주시사
그들의 고통을 살피시고
악을 도모하는 자
죄에서 건져주소서

길고 긴 밤 지켜주소서
주의 천사 큰 날개를 펴
나를 덮으시사
내 잠자리를 지켜주소서

아침이 오면
신령한 당신 앞에서
죄 없이 깨끗한 마음으로
서게 하소서

배링 고울드

우리에게 베풀어주소서

오, 하나님!
이른 새벽에 우리는 당신께 부르짖습니다
우리의 생각을 당신께 집중시켜
당신을 예배드릴 수 있도록 도와주소서
우리 혼자서는 이것을 할 수 없습니다
우리 안에는 짙은 어둠이 깃들어 있습니다
그러나 당신께는 빛이 있습니다
우리는 외롭고 쓸쓸합니다
그러나 당신은 우리를 떠나지 않으십니다
우리의 마음은 연약하기 그지없습니다
그러나 당신께서 우리를 도와주십니다
우리는 한시도 마음이 편치 않습니다
그러나 당신께는 평안이 있습니다
우리 안에는 쓰라린 비통함이 있습니다
그러나 당신께는 인내가 있습니다
우리는 당신의 길을 알지 못합니다
그러나 당신은 우리를 위한 길을 알고 계십니다
우리를 자유에로 회복시켜주소서
오늘 하루를 당신과 사람들 앞에서
책임감 있게 살아갈 수 있는 능력을
우리에게 베풀어주소서

디트리히 본회퍼

용기를 위한 기도

하나님
당신의 아들 예수그리스도께서 그러하셨듯이
나에게 혁명가가 될 수 있는 용기를 주소서
이 세상으로부터 내 자신을
자유롭게 할 수 있는 용기를 주소서
세상 한복판에 우뚝 서서
그 어떤 비난에도 몸을 움츠리지 않는 법을 가르쳐주소서

하나님
그것은 당신 나라를 위한 것입니다
나를 자유롭게 하소서
나를 이 세상에서 가난하게 하소서
그러면 나는 진짜 세상에서 부유하게 될 것이며
이것이 참된 모습일 것입니다

하나님
미래에 대한 환상을 주심을 감사드립니다
그러나 그 환상이 그저 이론이 아니라
사실이 되게 하소서

헨리 나우웬

기도로 변화된 삶을 살게 하소서

초판 1쇄 | 2006년 5월 20일

엮은이 | 용혜원

펴낸이 | 김영재

펴낸곳 | 책만드는집

주소 | 서울 마포구 합정동 428 - 49 4층(121 - 886)

전화 | 3142 - 1585 · 6

팩시밀리 | 336 - 8908

E-mail | chaekjip@chol.com

등록 | 1994. 1. 13. 제10 - 927호

ⓒ 용혜원, 2006

ISBN 89-7944-239-4 (03810)